Pierre-V. GROSJEAN

TRÉSOR…
VOUS AVEZ DIT TRÉSOR ?

Roman policier

Les Presses du Midi

Du même auteur aux Presses du Midi :

Les chats n'ont-ils pas neuf vies ?

À une minute près

Le Roi Noir persiste et signe

Impression PDM

121 avenue d'Orient - 83100 Toulon
Tel. : 04 94 16 90 20 - Fax : 04 94 16 90 29
Dépôt légal juin 2002
ISBN : 2-87867-388-3

CHAPITRE I

Où il est question d'alchimie et d'un livre qui porte malheur.

Paul Gilson est à la retraite. Il y a trois semaines, il était encore le directeur général de la PJ belge. Maintenant, il n'est plus qu'un retraité, c'est-à-dire rien du tout. Alors, mêlé à la foule des vacanciers, il flâne dans les rues de Paris, encouragé par le très beau temps, ni trop chaud, ni trop froid.

Par moments il se remémore la petite et touchante cérémonie d'adieux, le 30 juin, au Palais de Justice. Le sachant docteur en psychologie, ses confrères lui avaient remis en cadeau un fort volume, *Psychanalyse de l'Alchimie*, écrit par un docteur viennois, un certain Helmut Kaiserstrumpf.

On avait sablé le champagne, et applaudi chaleureusement quand le gouverneur du Brabant en personne avait remis au partant le collier de Grand Officier de l'Ordre de la Couronne.

Au premier rang de la petite assemblée, Andrée Gilson (Dédée, pour les intimes) essayait de ne pas pleurer.

- Que va donc faire votre mari ? avait gentiment demandé le commissaire Longueville, le futur ex-adjoint de Paul. Moi, je suis nommé divisionnaire à Liège. Comme il répétait sa question à son futur ex-patron, il avait cru bon d'ajouter :

- Pourquoi ne pas fonder une agence de détectives privés ?

- Eh là ! Tu me prends pour Nestor Burma ? Ou pour Philip Marlowe ?

Là-dessus, on avait re-sablé le champagne, puis dîné à la Maison du Cygne.

Et après, Paul et Andrée s'étaient retrouvés seuls, tout seuls dans l'appartement qu'ils occupaient depuis longtemps à la limite des communes d'Ixelles et de Bruxelles. Le lendemain, au réveil, Andrée avait déclaré :

- Pour ne pas crever d'ennui, on va voyager. D'abord, Paris !

Ce qui n'avait nullement étonné Paul, sa femme étant d'origine française.

Maintenant, tandis qu'Andrée fait du lèche-vitrines Dieu sait où, rue Tronchet, aurait parié Paul, lui, Paul, erre dans le quartier de Saint-Germain-des-Prés. Rue de Seine, il s'est arrêté un moment devant l'éventaire d'une maison de la presse. Tous les quotidiens n'en avaient que pour Eddy Merckx, vainqueur pour la 2e fois consécutive du Tour de France. Tandis que les hebdomadaires voisins ne cessaient de verser des larmes sur Luis Mariano dont, à les croire, le tout récent décès (un 14 juillet, pour comble !) allait endeuiller la présente année 1970.

Se faufilant dans la foule des badauds, Paul s'arrête çà et là et jette quelques coups d'œil aux fameuses boutiques de Saint-Germain, boutiques d'antiquités, boutiques de livres, boutiques de curiosités, boutiques de tableaux, boutiques de tout et de rien. Le voilà à présent devant une enseigne bien mal peinte : "Occultisme, alchimie, ésotérisme, spiritisme, astrologie, gnose, kabbale, parapsychologie…". C'est le mot "alchimie" qui le décide à entrer.

- Après tout, se dit-il, ne sont-ce pas mes collègues eux-mêmes qui, en m'offrant ce curieux bouquin, m'ont suggéré de m'intéresser à tout ce micmac ?

À l'intérieur, où règne une demi-obscurité, il se met à fouiller dans les rayons et dans les tas d'ouvrages disséminés çà et là.

- Puis-je vous aider, monsieur ?

Un drôle de petit bonhomme souriant, tout chauve, surgi de nulle part, le regardait par-dessus des verres de presbyte qui lui tombaient sur le nez.

- Oh, fit Paul d'un air faussement détaché, je cherche… Je cherche… euh… de l'ésotérisme… Non, pardon, de l'alchimie.

- Alors, monsieur, voici exactement ce qu'il vous faut : Et le bonhomme tend un livre sur lequel Paul peut lire :

Nicolas Flamel de Saint-Jacques
ABRAHAM LE JUIF
Astrologue et Philosophe

Chose curieuse, la page de titre, couverte de taches, était zébrée de lignes manuscrites d'une très étrange écriture cursive. Et comme le bas en avait disparu, aucune indication de date ou d'éditeur ne pouvait renseigner le lecteur. Mais l'ouvrage était ancien, incontestablement.

- C'est une œuvre remarquable, dit le vendeur avec un sourire grand comme ça. Ce matin même, deux clients sont venus pour l'acheter, l'un après l'autre.

- Et pourquoi ne l'ont-ils pas pris ?

- Je ne sais pas. Trop cher, ont-ils dit, ajoutant qu'ils reviendraient avec de l'argent.

- Ah ! Et à combien le vendez-vous ?

- Deux mille francs.

- Anciens, évidemment ?

- Non, nouveaux ! C'est un livre rare, très rare.

- D'où vient-il ?

- D'un fond de grenier, quelque part en province. En Aveyron, si je me souviens bien…

- Et ce gribouillage, là, sur cette première page. Qu'est-ce que c'est ?

- De l'hébreu, je crois. Ou de l'arabe…

- Non, monsieur. J'ai déjà vu des textes hébreux ou arabes, ce n'est pas ça. Et alors ?

- De l'indien, peut-être ?

- Non, monsieur, vous racontez n'importe quoi.

En parlant, Gilson avait feuilleté le livre. C'était visiblement de l'alchimie, avec des illustrations étranges, mais superbes : cornues, serpents, athanors, petits personnages paraissant très affairés, le tout entrelacé de lierre, de lianes, de feuillage, ou de zodiaques, avec çà et là une femme nue dont la main projetait un rayon lumineux sur la fiole que tenait un alchimiste en extase. Le dessin en était particulièrement fin et soigné.

- Regardez, là, fit le petit bonhomme. C'est le dragon-serpent Ouroboros, symbole du Grand Œuvre. Et voici la déesse Isis, avec à côté d'elle...

- Bien, bien, coupa Paul. Je vous prends le livre pour dix mille francs... anciens, ajouta-t-il tout sourire.

- Oh monsieur !

- Oui monsieur. Cent francs nouveaux, ou rien du tout.

- Oh monsieur ! Vous me ruinez !... Mettons cinq cents. Nouveaux !

- Non monsieur. Cent francs. Les voici.

- Oh monsieur ! Cent francs... Attendez, attendez ! Vous voyez là, à la vitrine, cet homme. C'est l'un des clients de tout à l'heure. Il entre, il voudra certainement acheter l'ouvrage à un bon prix.

Paul Gilson eut à peine le temps d'apercevoir un jeune homme en veston à carreaux, coiffé d'une casquette de golfeur. Sans un mot, l'homme lui arracha le livre, mais de manière si maladroite et si brutale que l'ancien policier en resta tout estomaqué, tenant bêtement en main la page de titre, détachée du livre. Le voleur disparut en courant dans la rue et Gilson, retrouvant de vieux réflexes, se lança à sa poursuite tandis que le vendeur s'époumonait :

- Mon livre ! Mes cinq cents francs ! Au voleur !

Le fuyard s'engagea rue Jacob, puis rue de Furstemberg, toujours courant. Moins jeune, Gilson s'essoufflait, ralentissait. Tout haletant, il prit le tournant de la pittoresque rue Cardinale... pour s'arrêter pile devant un porche ouvert : dans le couloir, sur le sol, un veston à carreaux que Gilson reconnut sans peine ; et dans le veston, le voleur du livre, inanimé, tête nue.

Déjà, des passants s'affairaient et l'un d'entre eux, un barbu avec un accent étranger, dit, en se relevant :

- Cet homme est mort. Fracture du crâne. Croyez-moi, je suis médecin. Appelez la police.

Gilson faillit répondre "Je suis la police", mais il se rappela qu'il n'était plus rien du tout, et que, de toute façon, il n'aurait eu aucun pouvoir judiciaire ici, à l'étranger.

Néanmoins, il s'approcha du corps, le souleva avec l'aide du médecin, et put ainsi constater que le livre avait disparu, sans doute volé pour la seconde fois. Puis il demanda :

- C'est un crime ?

- Possible. Probable, même. À moins que, dans une chute accidentelle, la tête n'ait heurté ce petit rebord, là.

- Bizarre, bizarre... Docteur, je dois m'en aller. Voici la carte de mon hôtel, avec mon nom. Vous voudrez bien la remettre à la police.

- Bizarre, se répétait-il en lui-même. Je n'attendrai pas d'être convoqué et j'irai au plus tôt parler de tout ça au Quai des Orfèvres. J'y ai toujours des relations.

L'étrange incident lui ayant enlevé tout goût pour la flânerie, c'est d'un bon pas qu'il se dirigea vers la station Odéon. Il se sentait impatient de consulter, en attendant sa femme, le somptueux livre que lui avaient offert les collègues et qu'il avait emporté, à tout hasard.

Mais Andrée était arrivée avant lui et l'attendait dans leur hôtel de la rue La Boëtie, à deux pas des Champs-Élysées. Elle lui sauta amoureusement au cou.

Elle était si fière de son époux, bel homme, grand, distingué. Et grisonnant... pas trop.

- Regarde, chéri ! Regarde le beau foulard que j'ai déniché rue... rue... Tiens, je ne sais plus dans quelle rue !

- Joli, très joli. Et moi, j'ai trouvé ceci à Saint-Germain. Il montrait la page rescapée de ce qui fut un véritable vol à l'arraché. Andrée jeta un coup d'œil distrait et passa son nouveau fichu autour du cou.

Paul adorait sa femme, une élégante brunette toujours souriante. Ce qui ne l'empêchait pas, parfois, de la trouver quelque peu énervante :

- Mais bon Dieu ! Écoute-moi donc ! Chez un libraire, on m'a enlevé le livre dont ceci était la première page. Et là-dessus, le voleur s'est fait occire. Alors, je veux m'informer. Et enquêter.

- Bravo, chéri. C'est bien, c'est très bien de suivre le conseil que te donnait ton ex-collègue Longueville : tu seras détective privé ! Mais dis-moi que mon foulard te plaît !

- Et toi dis-moi où tu as mis le livre que Longueville et les autres m'ont offert.

- Là, au fond de la valise.

- Merci, chérie. Ton foulard est magnifique.

Gilson s'installa, ouvrit l'ouvrage et chercha d'abord le nom de Nicolas Flamel. Après quelques minutes, il lança :

- Ce Flamel, un alchimiste, a réellement existé. Il vivait au XIVe siècle près de la Tour Saint-Jacques, et il n'était nullement un Monsieur "de" Saint-Jacques. Mais attends, je parcours la liste, bien courte il est vrai, de ses œuvres. Le livre au titre bizarre, *Abraham le Juif*, n'y figure pas. Il en est cependant question, là, plus haut. Je lis que c'était un très vieux livre et que Flamel prétendait le posséder. Mais le bouquin qui m'a été volé n'a certes pas une telle ancienneté. C'est donc un faux. Ou un pastiche. Ou un canular. Mais alors pourquoi diable me l'a-t-on enlevé avec une telle violence ?

Et pourquoi a-t-on descendu celui qui venait de s'en emparer ?

C'est entre ses dents qu'il ajouta : "Et moi, naïf acheteur, je l'ai peut-être échappé belle !"

Comme Andrée manifestait une certaine impatience, assaisonnée d'un désintérêt total à l'égard de l'alchimiste Flamel, son mari l'embrassa, ajoutant, avec toute la gentillesse possible :

- Ton fichu est superbe, ma chérie. Et toi aussi. Mais maintenant, allons déjeuner. Nous reparlerons de tout ceci plus tard...

Il referma le gros ouvrage de *Psychanalyse de l'Alchimie* du docteur Kaiserstrumpf, non sans avoir relu la phrase mise en exergue à la page deux :

"Dans sa signification profonde, l'alchimie n'exprimerait-elle pas un désir caché dans l'inconscient collectif ?"

* * * * *

FLASH-BACK N° 1

Paris, 1357-1388

Bel édifice que tout le monde admire, la somptueuse Tour Saint-Jacques, à Paris, inspire cependant, chez certains, une crainte confuse. D'aucuns pensent, tout bas : Ces gargouilles infernales, ces gorgones monstrueuses, quelles sombres menaces peuvent-elles cacher ? D'autres ajoutent : Mais n'a-t-elle pas toujours été un centre ésotérique, cette mystérieuse Tour ? N'est-ce pas à son ombre qu'œuvrèrent le fameux alchimiste Nicolas Flamel, célèbre faiseur d'or, et son épouse Dame Pernelle ? Faire de l'or ? Pouvait-on vraiment y arriver sans l'aide active de Satan ?

Halte, cessons de divaguer. Tout d'abord, la Tour n'existe que depuis François Ier ; c'était le clocher de l'église Saint-Jacques-la-Boucherie, plus ancienne, et aujourd'hui disparue. C'est sous la très modeste ombre de celle-ci que s'élevaient de non moins modestes échoppes, dont celle d'un obscur libraire et écrivain public, Nicolas Flamel, né vers 1330. Selon ce qu'il allait plus tard raconter, un ange lui était apparu alors qu'il avait vingt-sept ans, lui montrant un livre à la reliure resplendissante. Et quelques jours plus tard, voilà que se présente un mystérieux étranger, au langage incompréhensible, lequel sort de sa besace le superbe livre de l'ange ! Et Flamel peut en lire le titre, tracé en capitales d'or :

ABRAHAM JUIF,
Prince, prêtre, lévite, astrologue et philosophe.
À la Gent des Juifs,
par l'ire de Dieu dispersée en Gaule.
Salut. D.I.

Et Flamel, - toujours selon ses dires ! - paie deux florins et cache le livre dans sa boutique.

La lecture de l'œuvre va d'abord le décevoir : en de nombreux passages, une graphie inconnue se mêlait aux textes latins, les rendant incompréhensibles. Puis, dans un texte moins obscur, Abraham (le) Juif déclare vouloir aider ses coreligionnaires en leur enseignant l'art de la transmutation des métaux en or. Nicolas Flamel a compris : le Ciel lui ordonne de devenir alchimiste afin de pouvoir faire le bien autour de lui.

Pour cela, il devra déchiffrer le livre et, pour y arriver, voyager en France, en Espagne, consulter les magiciens, les alchimistes, les kabbalistes, les érudits juifs et chrétiens. Ce qu'il allait faire pendant vingt ans, a-t-il prétendu !

Et puis… Et puis, dès 1382 environ, voilà Flamel riche, très riche, prodigieusement riche : propriétaire de trente maisons ou domaines, fondateur de nombreux hôpitaux et chapelles, restaurateur des constructions du cimetière voisin, dit “Charnier des Innocents”. Et surtout mécène à la générosité inépuisable, providence de tous les miséreux de Paris.

Ce qui ne manqua pas d'intriguer le roi Charles VI, lequel, en 1388, dépêche chez Flamel son maître des requêtes, le sire de Cramoisy. Devant ce très noble hôte, l'alchimiste entreprendra une belle expérience de transmutation du plomb en or. Et il réussira !

Les convaincus, les ésotéristes de toujours, tous vous déclareront à satiété :

- L'alchimie existe, et Flamel, inspiré par Abraham (le) Juif, avait bel et bien découvert la pierre philosophale. Sinon, comment serait-il devenu si prodigieusement riche ?

- Pas du tout, rétorqueront les illusionnistes professionnels. Le sire de Cramoisy a été mystifié par un très banal tour de prestidigitation. Si banal qu'avec un minimum de matériel on peut le reproduire immédiatement devant vous.

- Soit, mais alors, d'où est sortie la richesse de Flamel ?

Pas de réponse. Ou plutôt des tas de réponses différentes, dont la plus simple est :

- Il avait découvert un trésor, c'est évident ! Peut-être dans le Midi, qu'il a dû traverser en se rendant à Saint-Jacques-de-Compostelle, selon ses dires.

C'est très enchanté que le sire de Cramoisy quitta Flamel, d'autant plus enchanté qu'il avait reçu en cadeau les pièces d'or (or véritable !) soi-disant issues de l'expérience. Mais dès après le départ de l'émissaire royal, l'alchimiste s'écria avec désespoir :

- Pernelle ! Pernelle ! Il a emporté le livre d'Abraham Juif !!

* * *

Paris, 1635

À ce que l'on croit savoir, le sire de Cramoisy avait très respectueusement remis le fameux livre à son roi. Celui-ci, subodorant une œuvre diabolique, s'empressa de l'oublier dans un coin de la fameuse "librairie" installée par Charles V dans une tour du château fort du Louvre. Puis l'ouvrage passa de roi en roi pour enfin aboutir à Louis XIII, lequel le refila, comme tant et tant d'autres choses, à son ministre, Armand-Jean du Plessis, cardinal de Richelieu.

Le grand homme regarda d'un très mauvais œil l'intrusion, en son palais, de cette œuvre cabalistique, une œuvre de magie, selon lui. Il en parla au père Joseph, sa fidèle Éminence Grise. Celui-ci trancha, en bon moine capucin qu'il était :

- C'est un livre satanique ! Brûlez-le ! Il portera malheur !

Jouant avec le petit chat qui folâtrait sur son bureau, Richelieu semblait rêver.

- Non, nous allons exiler cet ouvrage. Bien loin. Faites-le déposer dans l'un de ces châteaux que je me proposais de démanteler depuis notre victoire d'Alès contre les Huguenots, il y a 6 ans. Le château de Cabrières, par exemple. Au nord de Millau.

- Millau ?

- Mais oui, Millau, à l'ouest d'Alès, du côté du Tarn et de l'Aveyron. C'est d'ailleurs de Millau que viennent mes gants. Voyez...

Richelieu étendit ses mains somptueusement habillées de rouge.

- Monsieur le Cardinal, ce livre maudit risque de jeter un maléfice sur son porteur !

Richelieu se prit à sourire :

- Eh bien, nous confierons cette mission à d'Artagnan...

* * * * *

CHAPITRE II

Où l'on croise l'assassin présumé chez l'alchimiste Flamel, tandis que le Quai des Orfèvres semble s'embrouiller dans un texte plutôt mystérieux.

Il faisait beau, très beau, en ce lundi 20 juillet. Tout en déjeunant à une terrasse des Champs-Élysées, en face du Fouquet's, Paul et Andrée regardaient passer la foule.

- Où sont les élégances de jadis ! soupirait Andrée. Paris a bien changé…

- Console-toi. Paris n'a jamais fait que ça depuis qu'il existe. Sinon, il en serait resté au temps de Nicolas Flamel !

- Il t'obsède, ton Flamel !

- Il y a de quoi ! Un meurtre, presque sous mes yeux ! Meurtre dont j'aurais pu être la victime !

- Tu vas enquêter, disais-tu ?

- Mais oui. Tout à l'heure, nous irons chez le bouquiniste de la rue de Seine. Puis je demanderai rendez-vous au commissaire Marcel Morand, Quai des Orfèvres. Nous l'avions rencontré au Lapin Agile, tu te souviens ?[1] Et depuis lors, j'ai eu plusieurs fois l'occasion de collaborer avec lui.

Andrée arbora son plus beau sourire :

- Ainsi pourras-tu jouer au détective privé !

---

[1] Le Roi Noir persiste et signe, *roman policier, même auteur, même éditeur. Septembre 2001.*

- Et tu seras, une fois de plus, ma petite Mata-Hari ![1]

Après le déjeuner, ils faillirent descendre dans la station proche du métro, puis optèrent pour un taxi, laissant leur Citroën dormir en paix dans un lointain et sombre parking. Les Gilson adoraient se laisser conduire dans Paris, admirant tout au passage, même ce qui ne le méritait nullement. Ils descendirent au carrefour du boulevard Saint-Germain et de la rue de Seine.

- Voici l'antre de l'ésotérisme, fit Paul.

Le bouquiniste le reconnut immédiatement :

- Vous venez me payer mes cinq cents francs ?

- Non, cent. Les voici. Et maintenant, causons.

Le bonhomme parut s'énerver :

- Mais je n'ai rien à dire, moi ! J'ai déjà eu la visite de deux flics en uniforme.

- Et vous en avez un troisième devant vous. En civil, celui-ci. Et ami du commissaire Marcel Morand, du Quai des Orfèvres. Cela vous dit quelque chose ?

Voyant le visage de son interlocuteur se décomposer à vue d'œil, Paul résolut de s'amuser quelque peu :

- Et voici Madame Beaumesnil, directrice de l'agence Matari, filatures et enquêtes en tout genre.

Dédée sortit rapidement pour maîtriser la crise de fou rire qui avait failli l'emporter. Elle fit semblant de s'intéresser à la façade, puis à l'étalage.

- Madame Beaumesnil va surveiller les abords, fit Gilson avec le plus grand sérieux. Bon, votre nom, je vous prie ?

- Gustave Lamouche, répondit le bouquiniste en avalant deux fois sa salive.

- Monsieur Lamouche, vous avez vu que, ce matin, on m'a volé le livre que je venais de vous acheter ?

- Oui, Monsieur le policier, fit l'autre en rajustant ses lunettes.

---

[1] À une minute près, *roman policier, même auteur, même éditeur. Décembre 2000.*

- Vous m'aviez dit que deux messieurs s'étaient précédemment intéressés à cet ouvrage. Vous les connaissiez ?

- Moi ? Pas du tout !

- Pouvez-vous me les décrire ? D'abord, celui qui m'a volé le livre. Un jeune ?

- Oui, monsieur. Un jeune, avec un accent américain.

- Que voulait-il ?

- Il m'a demandé le livre de Nicolas Flamel. Puis, en voyant l'ouvrage, il a dit : "Ce n'est pas ça". Là-dessus, quelques mots d'anglais, et il est parti en ajoutant qu'il reviendrait.

- Bon, et l'autre amateur ? Décrivez-le aussi.

Gustave Lamouche hésitait, regardait par en dessous, se tournait vers la vitrine. Sur le trottoir, Andrée, jouant à la perfection son nouveau rôle, s'occupait à empêcher l'entrée à un client chevelu. "Police", disait-elle sans doute, car le jeune homme n'insista pas.

- Et alors ? fit Gilson de son air le plus sévère.

- C'était un petit moustachu, en casquette à visière et à oreillettes.

- Une casquette genre Sherlock Holmes ?

- Je ne sais pas. Il a jeté un coup d'œil çà et là puis est parti en grommelant "Trop cher".

- Vous savez que le jeune Américain a été trucidé après m'avoir volé le bouquin.

- C'est ce que m'ont dit les deux flics venus avant vous.

- Qu'en pensez-vous ?

- Moi ? Mais rien du tout !

- Vous cachez quelque chose, Monsieur Lamouche.

En fait, Lamouche n'en menait pas large, visiblement. Gilson se tourna vers sa femme :

- Madame la Directrice, fit-il avec le plus grand sérieux. Nous n'avons plus rien à faire ici. Nous remettrons au Quai des Orfèvres un rapport qui sera très défavorable à Monsieur Lamouche.

Et il se dirigea vers la porte.

- Attendez, attendez, fit le boutiquier avec un air inquiet. Un client m'a dit qu'il avait vu l'assassin, un individu porteur d'une drôle de casquette.

- La même que celle de votre second client ?

- Je ne sais pas, je ne sais pas.

- Donc l'assassin était passé par votre boutique ? Vous avez raconté cela à la police ?

- Ciel, non ! Pourquoi l'aurais-je fait ? Je suis dans le commerce, moi, et...

- Soit, passons. D'où venait ce fameux livre ?

- Comment voulez-vous que je le sache ! J'achète et je vends tant de livres...

- Pardon, pardon. Vous m'aviez parlé de l'Aveyron.

- Ah ? C'est possible. Attendez que je me souvienne... J'y suis : c'était à Millau ! Je me trouvais là en vacances, l'an dernier. Le livre traînait dans un petit bar tabac.

- Il était en vente ?

- Non. On l'avait jeté sur un rayon, comme ça, au milieu des Gitanes... La buraliste m'en a fait cadeau.

- Je me répète : D'où venait ce fameux livre ?

- C'est la secrétaire des nouveaux châtelains qui l'avait apporté, paraît-il, disant qu'on avait failli le jeter à la poubelle.

- Quels châtelains ?

- Ceux du château de la chanteuse, m'a-t-on dit.

- Quel château ? Quelle chanteuse ?

- Je ne sais pas.

- La première page portait-elle alors ce texte écrit en une bizarre écriture ?

- Bien sûr ! Ce n'est pas moi qui allais abîmer la première page d'un si beau livre !

- Il n'y a pas eu d'autres amateurs pour l'ouvrage, ici, à Paris ?

- Non, monsieur. L'ésotérisme n'est plus ce qu'il était. Et l'alchimie n'intéresse plus les gens. Il leur faut des énergies positives et négatives, des extraterrestres en soucoupe, des pendules magnétiques, des talismans atomiques. Eh oui, la science officielle fait beaucoup de tort à notre petit commerce. D'instinct, Paul Gilson refusait d'admettre un seul mot de tout ce bla-bla-bla. Avant de se retirer, il crut bon de lancer la flèche du Parthe :

- N'auriez-vous pas, par hasard, un ouvrage du docteur Kaiserstrumpf ?

Mais la flèche se retourna contre l'archer :

- Certainement, monsieur. Voici la *Psychanalyse de l'Alchimie.* Voulez-vous le feuilleter, c'est un ouvrage merveilleux.

C'est en cachant un sourire que Paul et Andrée quittèrent l'assez curieux sieur Lamouche.

Ne sachant alors que faire, ils rentrèrent à leur hôtel. Dédée voulait consulter le guide Michelin et Paul, téléphoner au Quai des Orfèvres. Le commissaire Morand parut enchanté de revoir son collègue belge et il lui fixa rendez-vous pour le lendemain à dix heures.

- Oui, disait-il, la Criminelle est déjà en charge du meurtre de la rue Cardinale, et nous en saurons un peu plus demain matin.

Paul Gilson se replongea, sans trop de conviction, dans le très savant ouvrage du docteur Kaiserstrumpf. Effectivement, il n'apprit rien sur Nicolas Flamel qu'il ne connût déjà. Comme il faisait part à sa femme de sa déception, Dédée partit d'un grand éclat de rire :

- Chéri, console-toi ! Ce soir, nous dînerons chez Nicolas Flamel !

- Quoi ?

- Chez Nicolas Flamel, au 51 de la rue de Montmorency, d'après ce guide. Ligne 1 du métro. Jusqu'au Châtelet. Puis

Sébastopol, à pied. C'est un restaurant historique ! Tiens, je lis : "Flamel réservait les étages supérieurs aux indigents" et je lis encore : "une inscription demandait aux pauvres de dire, pour s'acquitter, un Pater et un Ave."

- Touchant. Et qu'allons-nous y découvrir ?

- Nous verrons ! Mais cela m'amusera d'y reprendre, éventuellement, mon rôle de directrice de l'agence Matari de détectives privés !

- Bon, ça va, excellente idée, partons. En passant, je demanderai ici, à la réception, une photocopie de la mystérieuse page du livre d'Abraham le Juif.

Comme il ouvrait la porte de la chambre, il se retourna :

- Je vais déposer ce dangereux document dans le coffre-fort de l'hôtel.

- Tu crains quelque chose ?

- Je ne sais pas... Un vieil instinct de flic...

- De flic pensionné !

- Ne sois pas méchante... Chérie, nous irons à pied... Pour nous changer les idées... Rue La Boëtie. Boulevard Haussmann. Place de l'Opéra. Et une halte au Café de la Paix.

- Comme c'est changé ! remarqua à nouveau Dédée.

- Ça va, tu l'as déjà dit ! Moi, je le trouve très bien ainsi, ce haut lieu du parisianisme.

La maison Flamel les déçut quelque peu, bien qu'elle se proclamât la plus ancienne maison de Paris (1407). Une façade restaurée, une salle aux poutres apparentes, un grand escalier intérieur. Aux murs, aucune allusion à l'alchimie. Sur les tables, pas de carte. La patronne, toute souriante, vous présentait le menu sur un immense rouleau aux allures médiévales.

C'est avec étonnement que les Gilson virent entrer un quidam en casquette à visière et oreillettes, lequel, sans se découvrir, vint s'asseoir à une table voisine.

- Sherlock Holmes, murmura Paul à l'oreille de sa femme. L'assassin !

- Quoi !

- Je parie qu'il nous a suivis. Adresse-lui de temps à autre un regard…

-… raccrocheur ?

- Mais non ! Gentil, discret… À la façon d'une Mata-Hari de bonne famille.

On se doute que c'est plutôt distraitement que les Gilson commandèrent leur dîner : un avocat vinaigrette en hors-d'œuvre et un filet pur. En mangeant, ils jetaient un coup d'œil sur le voisin qui dévorait un énorme plat de salade. C'était un homme aux traits rudes, avec des yeux extraordinairement bleus.

- Vous n'avez pas trop chaud, avec cette casquette ? demanda Gilson de son ton le plus affable. Il fait étouffant, ici. L'inconnu sourit et dit :

- Ach ja ja ! Sehen Sie, vous voyez, moi je suis végétarien.

Il avait un fort accent allemand.

- Und… und… dans mon groupe, on garde chapeau pour manger. Ja, mein Herr !

- Vous êtes Juif ?

- Nein, nein… Pas tout à fait… Pentecôtiste du Sixième Jour.

- Et tous les membres de votre groupe portent cette même casquette ?

- Nein, nein… Pas toujours.

- Où se trouve le siège de ce groupe ?

- Nous avons des centres, hier und da. Ici et là.

Paul Gilson décida de jouer son va-tout :

- En Aveyron, par exemple ?

L'homme ne parut nullement surpris par la question et c'est la bouche pleine, mastiquant calmement sa salade, qu'il répondit :

- Nein, non ! Plus au sud, weiter !

- Dans quel patelin ?

- Patelin ? Ach, Dorf ! Nein ! Nous faire un temple souterrain, dans une colline du Razès. Sehen Sie ? Südlich von Carcassonne.

- Et pourquoi là ?

- Parce qu'Il nous l'a commandé. LUI.

- Qui ça, "Lui" ?

- Mais ER ! LUI ! LUI, que nous attendons le Sixième Jour, le Jour du Shabbat. Et Il viendra ! Sicher, nous sommes sûrs, LUI !! ER !!

Le discours semblait glisser vers l'idéologie, le fanatisme. Néanmoins, Gilson essaya d'en savoir un peu plus :

- Vous savez qu'il y a eu un meurtre, aujourd'hui, dans le quartier de Saint-Germain ?

- O weh ! Beaucoup de meurtres, à Paris ! Ville du péché...

- Il paraît que l'assassin portait une casquette semblable à la vôtre.

Le curieux bonhomme parut indigné :

- Lüge, Lüge ! Cela ne peut être qu'un... un faussaire ! Chez nous, LUI nous défend verser le sang. Et Saint-Germain est un lieu maudit. Quatsch !

- Pourquoi ?

- Parce que c'est là que vit der Teufel !! Le diable !! À Saint-Germain. Et plus à Saint-Sulpice. Ja, mein Herr, Teufel est partout, mais plus encore là, à Saint-Sulpice. Ach !

Paul se souvenait vaguement du livre *Là-bas*, de Huysmans, qu'il avait lu, jadis. Il y était question de satanisme, de magie. Et de messes noires, non loin de Saint-Sulpice, précisément.

Il se tourna vers sa femme, murmurant :

- Vraiment rien d'intéressant à tirer de ce rigolo...

- Je ne sais pas, répondit Dédée, mezza voce.

Puis, élevant la voix :

- Dites-nous, monsieur. Où pourrait-on avoir des renseignements sur votre secte ?

D'indignation, l'homme faillit recracher sa dernière bouchée de salade.

- Keine Secte, madame ! Nous, serviteurs de LUI !

Puis, se calmant quelque peu, il sortit un carton de sa poche :

- Voici notre talisman sacré. Regardez.

- Mais c'est de l'hébreu !

- C'est SA langue, à LUI... C'est la clé de tous les trésors. Cette carte porte bonheur, foi de Ludwig. Surtout à ceux qui cherchent les trésors. Comme vous, peut-être ? Gilson faillit sursauter.

- Nous ? Mais pas du tout. Nous sommes de simples retraités de passage à Paris.

- Ach so !

L'homme à la casquette de Sherlock Holmes resta dès lors silencieux. Le repas terminé, il se leva et salua avec une dignité quasi comique :

- Auf Wiedersehen, Mossieur und Madame. Paul et Andrée se regardèrent étonnés, puis se mirent à rire quand l'homme fut sorti.

- Un fou ? Un farceur ? Mais il a perdu son talisman ! Là ! fit Paul en se levant. Bon, je ramasse le carton et je le conserve. On ne sait jamais.

Puis, en se rasseyant :

- Aurions-nous été filés par l'assassin ? Invraisemblable ! D'ailleurs, d'après le bouquiniste, ce meurtrier était moustachu. Et celui-ci est imberbe.

- Peut-être s'est-il rasé ? répondit Dédée avec une naïveté feinte.

Le lendemain matin, au petit-déjeuner, Paul entendit sa femme déclarer qu'elle voulait l'accompagner au Quai des Orfèvres.

- Quand on n'est ni flic ni délinquant ni avocat, précisa-t-elle, on n'a pas beaucoup de chances de pouvoir un jour franchir le seuil du célèbre numéro 36. Je veux profiter de l'occasion, et je suis sûre que le commissaire Morand me reconnaîtra.

- Chérie, voyons, tu n'as vu Morand qu'une seule fois, il y a plus de vingt ans !

- Raison de plus pour aller le revoir... Après l'entrevue, nous irons déjeuner à la Brasserie Dauphine, comme le fameux Maigret.

À leur entrée, le commissaire divisionnaire Morand se leva les mains tendues :

- Chère madame, que je suis heureux de vous revoir. Et vous, Gilson, vous n'êtes plus qu'un ex-collègue, à ce que je crois comprendre ? Asseyez-vous, je vous en prie.

Dédée jeta un coup d'œil autour d'elle. Le bureau était sobre, très sobre, mais cependant agréable. Au mur, un portrait du Président Pompidou, debout dans une attitude plutôt gaullienne.

- Oui, cher collègue, me voilà pensionné, mais le destin semble vouloir que je remonte en selle. Je vous l'ai dit au téléphone, j'ai presque été témoin du meurtre de l'individu qui m'avait volé un livre que je venais d'acheter. Je voudrais en savoir plus.

Grand et sec, l'air sévère, ou plutôt inquisiteur, le commissaire Morand ne se départait cependant pas d'un demi-sourire qui se voulait aimable.

- Eh bien, voici. Nous connaissons le nom et l'adresse de la victime. C'est un citoyen américain, James Calvet, domicilié à Newport, dans l'État de Rhode Island.

- Et quel nom, dites-vous ?

- Calvet. Un nom bien français. On le trouve en Rouergue, je pense.

- En... Rouergue ?

- Oui, Rouergue. Capitale Rodez. Dans l'Aveyron.

Paul et Andrée sursautèrent avec un bel ensemble.

- Vous avez dit Aveyron?

- Mais oui. Et alors?

D'un trait, Gilson exposa tout ce qu'il savait de l'affaire. Puis, sortant de son portefeuille la fameuse page arrachée au livre qu'on lui avait subtilisé :

- Voilà. Je vous remets ceci comme pièce à conviction. Je parierais volontiers que ce feuillet est la cause du meurtre.

Marcel Morand regarda avec un intérêt étonné la pauvre page toute chiffonnée.

- Quelle est cette écriture manuscrite?

- Je l'ignore totalement. Ce que je sais, c'est que cette page et son livre sont venus un jour à Paris depuis l'Aveyron.

- Depuis Millau, précisa Andrée, qui n'avait encore rien dit.

- D'après le bouquiniste dont je viens de vous parler, compléta Paul, le livre aurait été remis à un buraliste de Millau par des châtelains voisins. Quels châtelains, je ne sais pas.

Le commissaire Morand appuya sur un timbre :

- Portez ceci au déchiffrement, dit-il au jeune homme qui s'était présenté.

- Autre chose, fit Gilson. Le hasard, - mais est-ce bien le hasard? - nous a mis en contact avec un drôle de bonhomme qui répond assez exactement au signalement de l'assassin. Je crois qu'il nous avait suivis. Cela se passait hier soir, à la maison de Nicolas Flamel, un restaurant, rue de Montmorency... Nicolas Flamel, vous savez, l'alchimiste de jadis, auteur supposé du livre dont on ne m'a laissé que la page que je viens de vous remettre.

- Quel signalement, votre suspect?

- Un accent allemand et une casquette genre Sherlock Holmes.

Le commissaire Morand consulta des notes éparses devant lui.

- Signalement pauvre, mais exact. J'ajouterai qu'on a découvert ce matin une telle casquette, dans une poubelle de la rue de l'Abbaye.

- Mon Sherlock à moi prétend appartenir à une secte où l'on reste toujours coiffé, comme chez les Juifs. Et quand je lui demande des renseignements sur ce mouvement, il me montre une carte rédigée en hébreu !!

- Sa secte serait, selon lui, celle des Pentecôtistes du Sixième Jour, compléta Dédée.

Marcel Morand décrocha son téléphone :

- Apportez-moi la liste des sectes connues en France. Paul Gilson resta un moment silencieux, puis :

- Où est le corps de la victime ?

- À la morgue. Ses parents arriveront demain d'Amérique, pour l'incinération.

- Pas de famille en France ?

- Si, si, j'oubliais. Une sœur de quelque vingt-cinq ans, Cindy. Jolie fille. Réside aux USA elle aussi, mais loge actuellement à l'hôtel Villa-Saint-Germain-des-Prés, un 4 étoiles de la rue Jacob.

- J'irai la voir à son hôtel.

On frappa à la porte et deux jeunes inspecteurs se présentèrent, l'un d'eux portant du bout des doigts la fameuse page du livre de Flamel.

- C'est un gribouillage inconnu, incompréhensible, dit le premier.

- Nous avons pensé à de la sténographie, fit le second, mais...

- Mais ce n'est là aucune des sténographies pratiquées en France, corrigea le premier.

- Or, il y a chez nous un système couramment employé, le Prévost-Delaunay, expliqua le second.

- Oui, oui, mais il en existe un deuxième, le Duployé…
- Et un troisième, cher ami. Un troisième, ne l'oubliez pas. Le système Aimé Paris-Guérin.

Un peu ahuri devant ce déballage d'érudition, Paul demanda à sa femme :

- Toi qui as fait un peu de secrétariat dans les premières années de l'après-guerre, qu'en penses-tu ?
- Voulez-vous me donner ce papier, monsieur. Je vais voir, à tout hasard.
- Voilà, madame. Le jeune homme tendait la page *Abraham le Juif*, tenue à l'endroit comme il se doit.
- Non, fit Dédée après un moment, je ne vois là rien de connu. Mais attendez, attendez… Avez-vous songé à retourner la page ? Non ? Vous regardiez la sténo à l'envers ! Voilà, je mets Abraham la tête en bas, et qu'est-ce que je vois ? De la sténo belge, méthode Meisman. Mais oui, monsieur, une sténo courante en Belgique !

Hochant la tête, pinçant les lèvres, le commissaire Morand regarda ses deux adjoints qui prenaient un air quelque peu penaud. Tandis que, dans son cadre, Pompidou semblait plutôt mécontent.

- À peu près illisible, malheureusement, compléta Dédée. Et moi, je n'ai plus la moindre pratique de la sténo. Ici, je crois lire "trésor", "mystère", et des chiffres : "100, 200". Et voilà "Herve", le nom d'une ville belge. Et aussi "pluie"… Et "plaque"… Je renonce… Il faudrait donner ça à des techniciens, à un labo, je ne sais pas…
- Je vous rends le document, fit Gilson tout sourire. J'en envoie une copie à mon ancien service, à Bruxelles.

Il adressa un petit salut aux deux experts qui se retiraient, puis revint au sujet :

- Dites-moi, Morand, vous devez revoir la demoiselle Calvet ?

- Oui, cet après-midi, à quatorze heures... Voulez-vous en profiter pour l'interroger ?

- Non, je préfère la voir de mon côté... Mais que vous a-t-elle déclaré ?

- Qu'elle ne comprend rien. Son frère et elle voulaient simplement récupérer un livre qui serait, selon elle, un souvenir de famille. Ils l'avaient aperçu, par hasard, à la vitrine d'un bouquiniste. Ses déclarations sont vagues, elle nous cache quelque chose, c'est certain. Peut-être aurez-vous plus de chance que nous, pauvres gens de la police officielle.

Le commissaire Morand resta un moment silencieux, puis soudain :

- Dites-moi, Gilson. Pourquoi ne créeriez-vous pas une agence de détectives privés ? Avec votre femme, qui avait fait du renseignement pendant la guerre, si je me souviens bien ?

Dédée et son mari se regardèrent en riant :

- On nous l'a déjà suggéré, fit Paul. Mais où voudriez-vous la mettre, cette agence ?

- Mais ici, en France. Et même à Paris.

- Mais je suis un étranger, moi !

- Pas de problème. Toutefois, les choses iraient beaucoup plus rapidement si votre femme, - qui est française à ce que vous m'aviez dit,- adressait une demande réglementaire à la préfecture du département.

- Nous verrons, nous verrons, fit Gilson en riant. Là-dessus, les deux policiers se saluèrent avec la plus grande cordialité.

- Mais oui, fit Dédée dans l'escalier. Ton collègue nous a donné une excellente idée. Tu seras un privé de l'agence Matari et moi, je serai ta directrice. Juste retour des choses, n'est-ce pas chéri ?

- Nous verrons...

Bras dessus, bras dessous, ils se dirigèrent vers la place Dauphine. Ils ne trouvèrent pas de brasserie simenonienne, mais découvrirent un excellent restaurant.

À tout hasard, Paul appela Cindy Calvet au téléphone. Et il eut la surprise d'entendre une voix claire, à peine marquée par un léger accent américain. Il attaqua tout d'une pièce :

- Commissaire Gilson, à la retraite. Il se fait que je suis la dernière personne connue ayant vu votre frère en vie. Serait-il possible de vous rencontrer aujourd'hui, vers six heures, par exemple ?

La voix parut hésiter un peu :

- Oui, peut-être...

- Rassurez-vous, je serai accompagné de ma femme. Que pensez-vous du Café de Flore, sur le boulevard ?

- Venez plutôt ici, à mon hôtel. À six heures. O.K. ?

Et à six heures, elle était là, debout dans le salon du bel hôtel de la rue Jacob : une grande blonde, élégante, le regard vif, l'allure dégagée.

- Sûrement elle, fit Gilson tout bas. Puis : Miss Cindy Calvet, je présume ?

En réponse, un léger sourire.

- Ne jouez pas au petit Stanley, monsieur Gilbert.

- Pas Gilbert, Gilson. Paul Gilson, et voici ma femme, Andrée.

- O.K., Paul et Andrée. Appelez-moi Cindy. Et asseyons-nous là, dans ce coin. Nous y serons tranquilles. Ils s'installèrent sous une reproduction du *Radeau de la Méduse*. "Elle n'a vraiment pas d'accent", songeait Andrée.

- Regardez, Paul, fit soudain Cindy. Vous voyez là, sur le trottoir, ce jeune monsieur qui fait les cent pas ? Eh bien, c'est mon ange gardien. Le commissaire Morand veut que je sois protégée.

- Pourquoi ?

- Le commissaire pense que mon frère a été victime d'une secte.

Paul et sa femme se regardèrent un peu surpris, l'un et l'autre pensant que la Criminelle semblait avoir tiré des conclusions plutôt rapides ! Visiblement triste, préoccupée même, Cindy n'en gardait pas moins cet air franc, ouvert, si typique chez les jeunes Américaines.

- James ne méritait pas ça, dit-elle après un moment : un artiste, un pacifiste, un idéaliste. Un type comme ça... Gentil, toujours gai... Nous nous entendions à merveille. Je le regretterai toujours, toujours.

Et Cindy d'essuyer une larme, une timide larme.

Ne sachant par où commencer, Gilson demanda :

- Que faisait-il dans la vie ?

- Professeur de langue et littérature françaises.

- Et vous le faites incinérer jeudi prochain ? Le 23 ?

- Oui. En présence de nos parents. Ensuite, nous irons déposer l'urne dans la terre natale de notre famille française.

- En Aveyron ?

- Oui. Comment le savez-vous ?

- Parce que j'ai commencé ma petite enquête personnelle. Dites-moi, Cindy, quelle est cette famille française ?

- Celle des ancêtres et des descendants de la grande cantatrice Emma Calvé, - avec "é" notez-le,- la très célèbre diva de la Belle Époque.

- Ah ? Racontez-nous, voulez-vous ?

* * * * *

Paris - La Tour Saint-Jacques

Des initiés voient en cette tour la gardienne d'un secret... Oui, le secret du trésor qui avait fabuleusement enrichi l'alchimiste Nicolas Flamel, au temps du bon roi Charles VI.

FLASH-BACK N° 2

Europe et Amérique
Années 1880 – 1930

Anges purs, anges radieux,
Portez mon âme au sein des cieux !

Comme l'orchestre marquait l'accord final du *Faust* de Gounod, le public, unanime, se leva tout en vivats et en applaudissements. C'était le 23 septembre 1882, à la Monnaie, l'Opéra de Bruxelles. Une étoile était née, Emma Calvé. Hier encore, elle n'était que Rosa-Emma Calvet, petite chanteuse française quasi inconnue qui allait remplacer, au pied levé, la titulaire du rôle.

Onze ans plus tard, le 21 décembre 1893, la presse new-yorkaise, délirante après la soirée de la veille au Metropolitan Opera House, écrivait en première page, avec des caractères grands comme ça : "Calvé, great actress and singer ! Calvé, the true Carmen !"

L'amour est enfant de Bohême,
Qui n'a jamais, jamais connu de loi.

Cet air, Emma l'aura chanté pas moins de 1300 fois, à Paris, à Londres, à Milan, à Rome, à Saint-Pétersbourg... Partout... Et en Amérique, bien sûr, en Amérique où l'on avait mis un train spécial à sa disposition, avec chambres, salon et salle de bains... Tout comme pour Sarah Bernhardt.

Une voix posée, un souffle immense, un timbre somptueux, un art consommé de la scène. Telle fut Emma Calvé, la diva. Belle, très belle. Ambitieuse, très ambitieuse. Passionnée, très passionnée. Et amoureuse, tumultueusement amoureuse. Telle fut Rosa-Emma, la femme.

Oui, passionnée, pour tout, - pour un peu de tout,- essayant ainsi de compenser la pauvreté culturelle de sa jeunesse en Rouergue. Puis subitement passionnée, à fond cette fois, pour l'occultisme dont elle deviendra quasiment une grande prêtresse.

En ces années quatre-vingt-dix, l'irrationnel était revenu au galop, entraînant les gens du monde et même des intellectuels. À Paris, et jusque dans les milieux haut placés, se croisaient les mages, les médiums, les chiromanciens, les ésotéristes, les kabbalistes, les théosophes, les spirites, les hypnotiseurs, les devins, les astrologues, les rosicruciens. Et même des alchimistes.

On fréquente des séminaires rassemblés dans des salons huppés, dont l'un près de Saint-Sulpice; on assiste à des conférences tenues dans les arrière-salles de certaines librairies du 9e. C'est là qu'Emma croisera de vrais savants, tels Camille Flammarion et Charles Richet (futur Prix Nobel) ; de grands musiciens, tels Claude Debussy et Eric Satie ; des gens de théâtre, comme Sarah Bernhardt ; des écrivains satanistes, dont Huymans et Jules Bois, lequel sera le mentor d'Emma en matière d'occultisme et, plus tard, son amant.

Il était fatal qu'Emma rencontre alors une très curieuse figure de ce petit monde, le Sâr Péladan, de son vrai nom Joséphin Soulary. Mystique, se proclamant mage et archimage, Péladan ne se vêtira plus que d'oripeaux de velours bariolés. Il fondera une nouvelle secte, dissidente de la Rose-Croix, secte dont il sera le "Sâr". Il eut ses fanatiques et ses adversaires, ceux-ci se livrant à des plaisanteries faciles : "Inutile de se présenter chez lui le soir, un valet vous dira : Mille regrets, monsieur, le Sâr dîne".

C'est le Sâr qui, un jour, suggérera à Emma :

- Vous qui venez de l'Aveyron, pourquoi ne vous intéressez-vous pas au château de Cabrières ? Au XVe siècle existait là un important centre d'occultisme. Telle est sans doute la raison pour laquelle Richelieu y avait fait cacher un livre fantastique, *Abraham Juif*, grâce auquel Nicolas Flamel avait découvert le secret de la pierre philosophale.

Or, justement, Emma rêvait d'un retour au pays, mais en résidence secondaire. Elle voulait finir ces jours là-bas. Elle voulait aussi placer, disait-elle, "toutes les livres sterling et tous les dollars que ma voix m'a rapportés".

En fait, Cabrières allait engloutir la quasi totalité de son immense fortune, tant il était délabré ! Et si peu moderne : ni confort, ni chauffage, ni éclairage, ni eau courante, ni accès facile ! La restauration durera dix ans et transformera la vieille bâtisse en un manoir de rêve... digne de Walt Disney, dirions-nous aujourd'hui : des terrasses fleuries, un donjon, des tours et, à l'intérieur, vingt chambres qui seront bientôt meublées avec grand luxe.

Emma y passera tous ses étés, quarante années durant. Elle jouera à la châtelaine, donnera de fastueuses réceptions, y fondera une école de chant. Puis, en proie à de sérieuses difficultés financières, elle revendra le château à un gantier de Millau[1].

C'est là aussi que, parmi les pupilles de son école, elle élèvera Bérengère, cette fille née à Rodez et due à un amant que la diva appelait le curé Bérenger, mais dont elle ne parlera jamais dans ses *Mémoires*. Parfois, elle laissait entendre que le curé l'avait aidée financièrement dans un moment difficile.

Quand Bérengère eut atteint ses treize ans, Emma la confia à une famille américaine, dans un coin tranquille de la

---

[1] Emma Calvé, la cantatrice sous tous les ciels. *Biographie par Georges Girard, Ed. Grands Causses, Millau 1983.*

Nouvelle Angleterre, laissant croire en France que l'enfant était décédée. Bérengère ne se maria pas mais eut néanmoins un fils, Douglas, auquel elle légua son nom français, en même temps que les débris de la fortune maternelle. Débris qui permirent cependant à Douglas de s'établir armateur dans l'État de Rhode Island et d'y vivre confortablement avec Delphine, son épouse française.

Et le livre *Abraham Juif*? On ne l'a jamais trouvé à Cabrières, malgré les consignes données aux terrassiers, maçons, plombiers, couvreurs et autres ouvriers du bâtiment. Un jour, toutefois, des déménageurs avaient aperçu, au fond d'une vieille bibliothèque, un ouvrage datant du XVIIe siècle et portant le titre : *Abraham le Juif*. L'auteur se disait "Nicolas Flamel de Saint-Jacques". La cantatrice s'était empressée de le montrer au Sâr, lequel, l'ayant à peine parcouru, avait rendu la sentence : "Calembredaines, madame". Et le livre apocryphe s'en était retourné dormir dans un coin perdu du château.

- D'ailleurs, devait déclarer à Emma un chimiste parisien, la pierre philosophale n'a jamais existé. Ce n'est donc pas elle qui aura enrichi Nicolas Flamel. Sans doute celui-ci avait-il découvert un trésor...

Emma avait alors fait mentalement un rapprochement :

- Tout comme mon curé Bérenger... Il n'a certes pas découvert la fameuse pierre, celui-là, mais il a bel et bien déniché un trésor dans son patelin perdu de l'Aude, là quelque part dans les montagnes au sud de Carcassonne. Cela l'a rendu riche, très riche, comme Flamel !

Plus tard, en Amérique, alors qu'elle racontait l'histoire à sa fille, Emma avait ajouté :

- Mon curé m'a un jour donné "le secret du trésor", comme il disait. Un texte incompréhensible, glissé dans un livre... un livre de Jules Verne, si je me souviens bien.

* * * * *

CHAPITRE III

Où il est à nouveau question de Sherlock Holmes et de sa fameuse casquette.

- Vous voyez, avait conclu la jeune Américaine après son long récit, je suis l'arrière-petite-fille d'une très célèbre diva et d'un très modeste curé de campagne.

Paul Gilson réfléchissait. Il avait suivi en silence, pris des notes et se préparait à poser une foule de questions. Pour le moment, il se contenta d'une simple remarque :

- Une cantatrice et un prêtre ! Que voilà un couple plutôt inattendu !

Puis, changeant de ton :

- Mais dites-moi, Cindy, si nous allions dîner ? Nous vous invitons.

- Je propose le Procope, lança Andrée.

- Va pour le Procope. C'est à deux pas de l'Odéon.

Ils éprouvèrent quelque mal à se faufiler dans la foule compacte. Soudain, Gilson fit un brusque demi-tour, sortit sa vieille carte belge et aborda l'ange gardien qui suivait comme il pouvait à quelques pas.

- Paul Gilson, police judiciaire belge. Et ami du commissaire Morand. C'est lui qui vous a chargé de la protection de Miss Calvet ?

Un peu interloqué, le jeune inspecteur répondit :

- Oui, et alors ?

- Nous allons dîner au Procope, je puis me charger de cette protection. Il est donc inutile de nous suivre au restaurant. Si vous voulez vous promener un peu…

- Non, monsieur, j'ai des ordres. Je m'installerai dans une encoignure d'où je pourrai voir la demoiselle. Puis-je vous demander de vous installer près d'une fenêtre ?

- D'accord… Puis-je, à mon tour, vous demander quelque chose ? Votre nom ?

- Inspecteur Duvart. Laurent Duvart, ajouterai-je pour que vous ne confondiez pas avec Martin Duvart, mon frère.

- Dans la police, lui aussi ?

- Si vous voulez… Détective privé…

Dans le hall du restaurant, les Gilson et leur nouvelle amie s'attardèrent un moment à parcourir des yeux les murs ornés des portraits des beaux esprits de jadis, ceux qui avaient fait la réputation du "plus ancien café littéraire de Paris" : Rousseau, Beaumarchais… Et Diderot… Et d'Alembert…

La salle était presque pleine, mais ils purent s'installer près de la fenêtre. En face, l'ange gardien veillait, tout en bavardant avec une réplique de lui-même, le frérot Martin sans nul doute.

- Bizarre, bizarre, songea Gilson. Non, cessons de voir du bizarre partout.

Le dîner ayant été commandé, il attaqua :

- Cindy, je vous ai laissé parler. Maintenant, j'ai des tas de questions à poser.

La jeune fille prit brusquement un air plus réservé.

- Cindy, le commissaire Morand a dû vous mettre au courant de quelques détails. Vous savez que votre frère m'a attaqué avec brutalité chez un libraire, alors que j'allais acheter le soi-disant livre de Nicolas Flamel.

- Mon frère était un impulsif. Il était si content que nous ayons enfin localisé le fameux ouvrage, à la vitrine de ce libraire. Nous avions alors fait quelques pas, puis il m'avait quittée pour aller vérifier sur place, dans la boutique. C'était bien le livre dont nous avait parlé Granny. Ensuite il était retourné à la librairie.

- Seul ? Sans vous ?

- Il n'avait pas voulu que je l'accompagne. "Attention, disait-il, je crois que nous sommes suivis".

- Par qui ?

- Par un individu portant une drôle de casquette.

- Vous avez aperçu le personnage ?

- Non... Chez le bouquiniste, James vous aura vu avec le livre en main. Et alors, je pense, il a perdu la tête.

- Sans doute, sans doute... En arrachant le bouquin, il m'a laissé cette page. Cela vous dit quelque chose ?

Paul montrait la copie de la page rescapée. Cindy parut surprise.

- Je ne sais pas... Granny ne m'a jamais parlé d'un texte manuscrit sur le livre de Flamel. Quelle est cette écriture ?

- De la sténographie belge, j'ai pu en lire quelques mots, fit Dédée toute fière.

- Du belge ? Granny n'a jamais parlé de Belges ! Qu'est-il écrit ?

- Il y est question de trésor...

Cindy pâlit :

- The treasure of my great-grandfather ? Le curé ?

- Je ne sais pas, Cindy. Ce texte, écrit au crayon, me paraît assez récent. Et malheureusement, il est en très très mauvais état.

- Et ce serait pour ce gribouillage qu'on a tué mon frère ?

- Bien inutilement, puisque le texte repose à présent au Quai des Orfèvres...

Tous trois firent silence, puis Gilson posa doucement une main sur la dextre de l'Américaine, disant :

- Cindy, my dear... Croyez bien que je suis navré d'évoquer tous ces souvenirs... Mais je veux aider le commissaire

Morand dans son enquête. Qui donc pourrait être cet assassin, selon vous ?

Cindy parut au bord des larmes :

- I don't know, I don't know... Je ne sais pas...

- Écoutez, ma femme et moi avons récemment bavardé dans un restaurant avec un drôle de personnage qui arborait la même casquette que l'assassin présumé. Une casquette comme celle que porte Sherlock Holmes dans les livres ou les films. Vous voyez ?

- Ce serait l'assassin ?

- Je ne sais pas. Il m'a dit appartenir à une secte...

- Les Pentecôtistes du Sixième Jour, compléta une fois de plus Dédée.

Cindy parut très surprise :

- Mais cela n'existe pas ! Aux USA nous avons, parmi les églises protestantes, celle des Pentecôtistes et, bien distincte, celle des Adventistes du Septième Jour, et non pas du Sixième. Ce sont des gens sympathiques, même les seconds qui sont plutôt des illuminés. J'ai rencontré l'un ou l'autre, chez nous, en Rhode Island.

Paul et Dédée se regardèrent perplexes.

- Ce Ludwig se serait-il payé notre tête ?

- J'en suis certaine. En partant, il a fait semblant de perdre une carte ! fit Dédée.

- Écrite en hébreu ! Tiens, j'ai omis de la montrer à Morand.

Gilson réfléchit un moment :

- En hébreu ? Il faudra un traducteur.

- Très important, fit Dédée à moitié sérieuse. Ludwig ne nous avait-il pas dit que cette carte est la clé d'un trésor ?

Mais Cindy ne plaisantait pas, elle :

- Et mon pauvre James, que devient-il dans votre vaudeville ?

- Mais j'y pense, Cindy ! fit Gilson reprenant son sérieux. J'y pense, je ne pense qu'à cela. Je propose que nous allions voir demain matin le commissaire Morand. Je lui demanderai qu'un mandat d'amener soit lancé contre ce Ludwig.

* * *

Le lendemain, Andrée n'accompagna pas son mari au Quai des Orfèvres. Paul lui avait en effet proposé d'attendre à l'hôtel le couple Calvet, arrivant tout droit d'Orly, et de le recevoir au nom de l'agence Matari.

Au Quai, une surprise de taille attendait Paul et Cindy :

- Nous avons arrêté l'assassin présumé, clama le commissaire Morand avec un sourire large comme ça. Nos gars ont travaillé très vite, vraiment très vite… Et très bien.

Paul leva les yeux vers Pompidou, lui trouvant un sourire nettement plus discret.

- Et qui est-ce ?

- Un Autrichien de Vienne, nommé Kurt von Falkenberg. Il proteste de sa plus totale innocence et se drape dans une dignité plutôt cocasse : "Vous avez devant vous, nous répète-t-il, un descendant des Habsbourg d'Autriche. Un descendant de… de…"

Paul vit Cindy pâlir à vue d'œil tandis que Morand s'écriait, fouillant dans ses notes :

- Ah voici : de la grande impératrice Marie-Thérèse. Pas moins !

- Alors, demanda Gilson, l'assassin ne serait pas l'homme à la casquette ?

- Non, semble-t-il. Attendez la suite : selon ses déclarations, von Falkenberg avait rendez-vous chez lui, rue Cardinale, avec James, le frère de Miss Calvet.

Cindy bondit, littéralement :

- Impossible, it's not true !! Ce n'est pas vrai !

- Nous vous confronterons avec ce Falkenberg, coupa froidement le commissaire.

Très étonné, Gilson scrutait sa compagne qui semblait perdre contenance.

- Voyons, Cindy, où est la vérité ? La jeune Américaine jetait des regards éplorés sur les deux policiers.

- La vérité, Cindy, je vous en prie ! Et ne pleurez pas, bon Dieu !

- La vérité... Kurt et James s'étaient connus à l'université de Harvard. James me l'avait présenté l'an dernier à Newport. C'est un garçon... euh... very distinguished, intelligent, charmeur. Il m'avait raconté qu'un de ses ancêtres, un archiduc de Habsbourg, avait croisé mon arrière-grand-mère Emma en France.

- Et ainsi aviez-vous échangé des petits secrets de famille ?

- Oui, plus ou moins... Du coup, mon frère avait proposé de profiter d'un voyage en France pour procéder à quelques recherches en Aveyron, mais d'abord à Paris.

- Qu'espériez-vous découvrir à Paris ? demanda Morand.

- Je ne sais pas... Moi, j'accompagnais mon frère et nous avions rendez-vous avec Kurt, qui devait venir de Vienne. Dès leur arrivée à Paris, les deux amis se sont téléphoné : Kurt avait déniché un petit studio, à Saint-Germain.

- Vous le saviez ? lança Morand.

- Oui, monsieur le commissaire.

- Et vous saviez que votre frère devait ou voulait immédiatement montrer à monsieur von Falkenberg le livre qu'il allait acquérir ?

- Non, monsieur le commissaire.

- Qu'est-ce que ce livre pouvait bien avoir de spécial en ce qui vous concerne les uns et les autres ?

- Je l'ignore, monsieur le commissaire. C'était un souvenir de famille. Rien d'autre, à mon avis.

- Bon, soit, fit Gilson. Dites-nous, Morand, qu'est-il arrivé rue Cardinale ?

- Eh bien, on ne le sait pas encore très exactement. Un témoin, qui habite l'immeuble, a croisé au pied de l'escalier le nommé von Falkenberg tenant en main un morceau de tuyau qu'il s'est d'ailleurs empressé de jeter. L'arme du crime, supposons-nous.

- Parfait. Et que sait-on de l'homme à la casquette de Sherlock Holmes ?

- C'est un autre témoin qui l'a vu sortir du porche où gisait la victime. Nous n'avons pas d'autre renseignement pour le moment.

Au mot "victime", Cindy éclata en sanglots.

- Excusez-nous, fit Gilson en emmenant la jeune fille dans le couloir.

La prenant amicalement par les épaules, il entreprit de la chapitrer :

- Cindy, pour l'amour du Ciel, ne mentez pas à la police ! De quelle nature étaient les relations entre les deux jeunes gens ?

- Amicales, chaleureuses...

- Alors, vous ne pensez pas que ce soit Kurt l'assassin de votre frère ?

- Mais pas du tout ! Not at all ! Impossible, dear Paul !

- Bon, Cindy, attendez-moi ici. Morand me permettra certainement d'assister à l'interrogatoire de Kurt, mais je ne crois pas qu'il apprécierait beaucoup votre présence. Asseyez-vous là, et attendez-moi.

Puis, se retournant :

- Courage. Et ne pleurez plus...

À peine était-il rentré dans le bureau, qu'il entendit le commissaire Morand appeler au téléphone :

- Faites venir Kurt von Falkenberg.

Dès l'entrée du jeune homme, menotté et encadré par deux inspecteurs, Paul Gilson sentit s'éveiller en lui une vive sympathie à son égard : "Beau type, grand gars, bien de sa personne. Et ayant conservé un air distingué malgré l'absence de la cravate, de la ceinture et des lacets, menus objets qu'on lui avait retirés selon le bon usage policier."

- Asseyez-vous, dit Morand d'un ton assez professionnel. Vous avez déclaré vous appeler Kurt von Falkenberg, être professeur de langues, domicilié à Vienne et de passage à Paris. Que s'est-il passé avant-hier, rue Cardinale n° 15, vers dix heures ?

- Je l'ai déjà raconté aux inspecteurs. Dois-je recommencer ?

Gilson adressa un petit signe d'encouragement au jeune homme.

- Je vous écoute, fit Morand prenant maintenant un ton plus que professionnel.

- Monsieur le commissaire, c'est très simple : j'attendais chez moi mon ami James. Ne le voyant pas arriver, je descends... Et je le découvre inanimé, devant moi, dans le porche. Là, je me suis affolé... J'ai ramassé un morceau de tuyau qui traînait par terre, en me disant : "C'est avec cela qu'on l'a assommé !" Puis, tout de suite : "Il ne faut pas que l'on me voie ici..."

- Mais que craigniez-vous donc ?

Le jeune homme perdait pied à vue d'œil.

- Je ne sais pas... J'avais peur... Au pied de l'escalier, je me dis : "Tu es un idiot ! Jette ce tuyau ! Il va t'accuser alors que tu n'as rien fait." Rien fait, monsieur le commissaire !

Rien du tout ! Je le jure sur la tête de mes ancêtres !

- Les Habsbourg ?

Gilson n'aima pas du tout l'air un peu pointu que venait d'adopter son collègue.

- Dites-moi, jeune homme, dit-il avec douceur. Vous étiez-vous rendu compte que James venait d'être assassiné ?

- Non, mais je le sentais, je le devinais.

- Bien, bien. James devait vous apporter un livre, paraît-il. Un ouvrage d'alchimie qu'il venait d'ailleurs de me voler ?

- Il vous l'avait volé ?

- Oui, dans une librairie. Et il s'est enfui tenant ce livre à la main.

Ici, Morand jugea bon de se montrer gentiment insidieux :

- Ce bouquin, vous ne l'auriez pas trouvé, ramassé, quelque part ? Comme ça, par hasard ?

- Pas du tout, monsieur le commissaire !

- Alors, vous l'avez enlevé des mains de votre ami qui gisait là, assommé ?

Le jeune homme frémit d'indignation :

- Monsieur le commissaire, ces accusations sont monstrueuses ! Je répète que je suis innocent !

Morand préféra changer de discours :

- Dites-moi, jeune homme, auriez-vous aperçu, dans le porche de votre immeuble, un curieux personnage portant une casquette typiquement anglaise, avec visière, couvre-nuque et oreillettes ?

- Oui, pendant un moment, un très court moment... Avant de disparaître, cet homme s'est retourné et nous a jeté un regard, à moi et au pauvre James étendu devant moi...

Kurt s'arrêta, sembla réfléchir, puis, subitement :

- Mais c'est lui, l'assassin ! C'est évident !

En parlant, il levait deux mains ouvertes tandis que son regard semblait prendre Pompidou à témoin. Morand jeta un coup d'œil à son collègue, puis dit à Kurt :

- Calmez-vous, calmez-vous. Cet après-midi, vous comparaîtrez devant le juge d'instruction. Et puis, on verra...

Il appela les inspecteurs, et quand le prévenu eut disparu, il dit :

- Mon cher Gilson, pour moi l'affaire est claire : von Falkenberg a assommé l'Américain, lui a enlevé le livre, puis s'est affolé quand il a aperçu l'homme à la casquette.

- Vos gens ont retrouvé le livre chez lui ?

- Non, malheureusement.

- Eh bien, Morand, moi je vois l'affaire tout autrement : pour une raison que nous ignorons encore, l'homme à la casquette surveillait la librairie. Quand il a vu l'Américain s'enfuir avec le livre à la main, il a compris. Il l'a poursuivi, l'a rattrapé dans le couloir et l'a assommé…

-… avec un tuyau qu'il portait sur lui ?

- Non, collègue, le tuyau n'y est pour rien. L'homme à la casquette avait une matraque en poche et s'en est servi. Il a ramassé le livre et c'est à ce moment que notre pauvre Kurt s'est amené… Le spectacle de son ami gisant inanimé lui a fait perdre les pédales.

- Pourquoi ce quidam se promenait-il avec une matraque ? En plein jour ?

- Parce qu'il s'attendait à devoir s'en servir. Pour récupérer le livre, au cas où il n'aurait pu l'acheter chez le bouquiniste. Croyez-moi, Morand, il y a derrière cette affaire quelque chose d'important qui nous échappe. De très important… Morand semblait sceptique et, du coup, Gilson changea de sujet :

- Si je me permettais de donner un conseil, ce serait de faire rechercher et arrêter le sieur Ludwig, l'homme à la casquette Sherlock Holmes, celui qui s'est bien moqué de moi et de ma femme au restaurant Flamel. Je vous en avais déjà parlé. Cet homme joue ostensiblement un rôle comique, burlesque même. Mais pourquoi ?… Qui est-il ? Que veut-il ?

Morand se fit un peu ironique :

- Vous voudriez qu'on arrête un inconnu uniquement parce qu'il porte la même casquette que votre assassin supposé ?

- Enfin, Morand, vous avez dit à Cindy qu'elle était menacée par une secte. Et vous avez désigné un inspecteur pour la protéger. Donc, vous aviez pris au sérieux au moins un point de notre conversation d'hier : l'individu se disait Pentecôtiste du Sixième Jour.

- Nous avons vérifié : cette secte n'est pas mentionnée dans nos listes.

- Alors vous allez supprimer la protection donnée à l'Américaine ?

- Vraisemblablement.

- Autre point : on a retrouvé la casquette dans une poubelle, disiez-vous ?

- Ce n'est pas "la" casquette, mais bien "une" casquette, une vieille coiffe toute déchirée, achetée il y a longtemps. Nous avons vérifié. Eh oui, il arrive qu'on se heurte à de fâcheuses coïncidences, dans la vie policière, et vous le savez aussi bien que moi !

- Soit. Mais si vous ne voulez pas vous occuper de "mon" Sherlock, alors recherchez "votre" Sherlock, celui de la rue Cardinale. C'est, à tout le moins, un témoin important

- Mais nous le cherchons, Gilson, nous le cherchons et le recherchons ! Nous ne faisons que ça ! Nous avons vérifié. Tout vérifié !

Paul soupira, jetant un dernier regard à Pompidou qui n'en pouvait mais...

- Andrée Beaumesnil, de l'agence Matari. Vous êtes Mr. and Mrs. Calvet ?

Jouant de son mieux le rôle que son mari lui avait dévolu, Dédée s'avança vers le couple qui s'affairait à la réception de la Villa-Saint-Germain-des-Prés.

- Lui, c'est Douglas, se dit-elle, un grand diable d'Américain, sourire vague, visage allongé, lunettes rondes, oui, typiquement américain en dépit de ses ascendances françaises. Elle, c'est Delphine, une petite brunette, rajeunie par une coquette frange lui couvrant le front.

Et comme les arrivants tendaient la main avec hésitation, Dédée prit un petit air à la fois chaleureux et protecteur :

- Mon mari, grand policier belge retraité, et moi-même avons été mêlés, bien malgré nous, au drame qui a coûté la vie à votre fils. Alors, nous enquêtons. En ce moment, mon mari et votre fille Cindy déposent à la Préfecture de Police.

- They what?... They "depose", you say? demanda Douglas.

- They give evidence, traduisit Delphine

- Ça va être gai! pensa Dédée. Il connaît très mal le français!

Les larmes aux yeux, Delphine serrait à deux mains la dextre d'Andrée :

- Oh merci, merci. Que c'est gentil à vous. Nous sommes touchés, très touchés. Comment Cindy tient-elle le coup?

- Bien, très bien, rassurez-vous.

- Notre pauvre James, finir comme ça... C'est terrible... N'est-ce pas, Doug?

- Yes, oui, surely, répondit Calvet qui n'avait pas compris grand-chose. You are?...

- Andrée Beaumesnil. Appelez-moi Dédée...

- Comme chez nous aux States. Moi, je suis Delphine ou Delphy. Lui, c'est Doug...

La glace était rompue.

- Débarrassez-vous de vos bagages, fit Dédée. Je vous attends ici, sous ce tableau, le *Radeau de la Méduse*... Je vous raconterai tout ce que je sais.

- Awful, terrible, remarqua Douglas.

Dédée ne sut pas s'il parlait du meurtre de son fils ou du tableau de Géricault...

Restée seule, elle feuilleta distraitement un *Figaro* qui traînait sur une table. Ainsi apprit-elle que la veille, 21 juillet, jour de la fête nationale belge, Eddy Merckx, grand vainqueur du Tour de France, avait été reçu, accompagné de sa femme

Claudine, par le Roi et la Reine au château de Laeken. En caractères plus modestes, le journal annonçait aussi qu'à la CEE venaient de s'ouvrir les premières négociations pour l'admission de la Grande-Bretagne.

- On demande Madame Gilson au téléphone.

C'était Paul. Il allait quitter le Quai des Orfèvres.

- Les Calvet sont arrivés ? Bien. Rassure-les, cajole-les. Ici, Morand prétend ferme que l'assassin est le jeune Kurt von Falkenberg. Une assertion qui fait bondir Cindy. Et que je ne parviens pas à admettre. Nous en avons discuté, Morand et moi, et, tiens-toi bien ! J'ai obtenu qu'on reprenne l'autopsie du crâne de la victime. L'incinération sera donc retardée. A tout de suite, chérie.

Dédée retourna s'asseoir, juste comme les Calvet sortaient de l'ascenseur. Elle entreprit alors la difficile tâche que lui avait confiée son mari : informer, rassurer, cajoler... En parlant, elle les regardait l'un après l'autre. Lui, calme en apparence, mais en apparence seulement, posait question sur question. Elle, nerveuse, agitée, s'embrouillait parfois dans ses traductions.

- Kurt assassin de notre James ? avait-elle répété. Non, non et non !

- Erreur du Justiciaire, avait ajouté Doug, cherchant ses mots.

- Où pouvons-nous voir notre James ? demanda Delphine

N'osant pas répondre, comme ça, "À la morgue", Dédée se lança dans une périphrase compliquée.

- Mortuary ? coupa Calvet qui avait compris.

Après un bref déjeuner dans un restaurant curieusement appelé Le Muniche (avec un "e" final), les trois Américains remercièrent les Gilson, disant qu'ils voulaient d'abord aller dire adieu à James. On se serra les mains avec beaucoup de chaleur, et sur le trottoir, Paul se déclara un peu fatigué et se mit à parler de métro et de sieste. Dédée suivit en silence, comme une bonne épouse, mais arrivée à leur hôtel, elle éclata dans le hall :

- Eh là, mon vieil époux ! Nous ne sommes pas venus à Paris pour roupiller ! Tiens, allons au Grand Palais. Il y a là une très belle exposition de... euh... je ne sais plus.

- Des œuvres des Nabis.

- Qui c'est, ceux-là ?

- Des peintres postimpressionnistes. C'est indiqué là, dans ce dépliant. Bon, on y va.

Quittant la rue La Boëtie, ils s'engagèrent dans la rue de Ponthieu et là, soudain, Paul fit faire à sa femme un quart de tour plutôt brutal, la collant à une vitrine.

- Regarde, Dédée, là, tu vois, dans le reflet ? Cet homme qui descend la rue, sur l'autre trottoir ? Tu le reconnais ? C'est Ludwig, notre cher Ludwig, le dingue du Flamel.

- Mais il n'a pas sa casquette de Sherlock !

- Et il a l'air plus dégourdi que l'autre soir... Parfait, on va le suivre. Toi, sur ce trottoir-ci. Moi, derrière lui. Une filoche, voilà qui va me rajeunir !

La filoche les amena avenue Roosevelt, mais là ils durent attendre un moment pour traverser, tandis que Ludwig les semait en se faufilant dans le trafic. Ils le rattrapèrent avenue Matignon, mais pour le perdre à nouveau.

- Rue Rabelais, fit Paul qui avait rejoint sa femme. On y entre ! Mais bon Dieu de bon Dieu, il a disparu, ce fichu Ludwig !

Ils firent quelques pas, regardant à gauche et à droite.

- Sans doute là, fit Dédée.

Elle montrait une porte cochère sur laquelle on pouvait voir une plaque ornée d'un chandelier à sept branches, avec l'inscription : Ambassade d'Israël.

- Dédée, saute sur le premier téléphone venu et demande au commissaire Morand d'envoyer immédiatement ici deux inspecteurs en voiture. Dis-lui que nous avons retrouvé la piste du mystérieux Ludwig, assassin possible du jeune Calvet.

- Et toi ?

- Moi ? Je reste ici. Après la filoche, la planque.

- Bravo, chéri ! C'est beau, la jeunesse ! Surtout quand elle est retrouvée...

* * *

Le juge d'instruction n'avait pas traînaillé : inculpation pour homicide volontaire.

Et maintenant, Kurt von Falkenberg, triste et déprimé, était assis sur la pauvre couchette de sa petite cellule, à la prison de la Santé.

- C'est la malédiction qui pèse sur les Habsbourg, pensait-il. Une malédiction ? Non, des malédictions, en cascade...

Un dernier empereur, Charles, chassé du trône après un règne de deux ans et maintenant enseveli dans un coin bien peu connu de l'île de Madère. Sa femme, Zita de Bourbon-Parme, morte dans la misère, abandonnée. Son grand-oncle, François-Joseph 1er, frappé de malheurs répétitifs : un frère, Maximilien, empereur du Mexique, fusillé par des nationalistes ; une ravissante épouse, Élisabeth,- Sissi ! - assassinée en Suisse par un obscur anarchiste ; un fils, Rodolphe, héritier du trône, mystérieusement suicidé dans le pavillon de Mayerling ; un neveu, François-Ferdinand, héritier à son tour, abattu à Sarajevo, en même temps que son épouse, par un terroriste serbe. Et là-dessus une guerre,- dite la Grande,- catastrophique pour l'empire d'Autriche-Hongrie.

- Pourquoi, pourquoi ? se répétait Kurt. Pourquoi les Habsbourg-Lorraine ont-ils été ainsi foudroyés ? Moi, mes ancêtres directs sont plutôt les Habsbourg-Toscane, mais notre branche a été durement frappée, elle aussi.

L'héritier de la lignée, l'archiduc Jean-Salvator, mon arrière-grand-père, n'a-t-il pas brutalement rompu avec la cour de Vienne et avec sa famille ? Et renoncé à tous ses titres pour adopter un nom quasi roturier ? Jean Orth, mais oui ! Puis, avec la complicité d'un curé français, collaboré au pillage d'un trésor secret ? Pour aller enfin se faire oublier. Où ça ? Au diable ! Mais oui, au diable ! En Terre de Feu, au sud du détroit de Magellan ! Pas moins !

* * * * *

FLASH-BACK N° 3

De Vienne à la Terre de Feu
Années 1886-1910

« Au sud du détroit de Magellan, il faut dominer quelque chose d'effroyablement contraignant, l'effrayante solitude qui nous poigne, cette pesanteur incluse dans les mouvements de nos gestes, dans la moindre de nos pensées et qui semble les paralyser. Nous voici dans un monde d'âmes mortes ou disparues depuis les premiers âges... Et nous, les survivants, nous sommes rongés par le silence, l'humidité, le froid, la pluie chargée de neige fondue, le ronflement du vent qui vient du Cap Horn et clame là-haut, sur le glacier, son avertissement : "Laissez ici toute espérance !" »

C'est Jean Raspail qui cite là Saint-Loup, l'un de ces "chevaliers de la pluie" qui osèrent affronter la redoutable Terre de Feu. Et dans un autre passage du même livre, *Adios, Tierra del Fuego*[1], l'auteur, chevalier de la pluie lui aussi, insiste :

"À l'est, à l'ouest, au sud, trois océans furieux. Au-dessus des têtes, un ciel toujours noir et bas, tourmenté de vents furieux, et à quelques mètres du rivage, la forêt qui commence n'est qu'un piège, un entrelacs de morts vivants qui se nourrissent de leur pourrissement. (...) La végétation terrestre rejoint sans discontinuité le monde des algues

[1] *Albin Michel, Paris, 2001*

sous-marines et de ce mariage monstrueux naissent des marécages mortels..."

En 1893, aux portes mêmes de cet enfer, un nobliau autrichien, Fred Otten, explorateur novice, rencontra, à sa grande surprise, un compatriote qui se présenta comme étant Jean Orth, armateur. L'homme était grand, fort, d'allure militaire, le visage envahi par un sombre système pileux qui, visiblement,- et pour cause ! - avait rompu avec les barbiers.

Les deux Autrichiens fraternisèrent spontanément, Jean Orth ayant offert à son nouvel ami l'hospitalité dans la solide cabane qu'il s'était fait construire au bord du détroit de Magellan, à l'extrême sud de la Patagonie... On était en février, au cœur de l'été austral, et la vie ne parut pas du tout désagréable au nouveau venu. L'hôte avait même mis à sa disposition un péon baragouinant quelque peu l'allemand.

- Excusez-moi, dit un matin Fred Otten, mais je vous reconnais malgré votre barbe. Vous êtes Jean-Salvator, fils de Léopold II, grand-duc de Toscane.

- ...et de la princesse Maria-Antonia des Deux-Siciles, ajouta Jean Orth en souriant. Mais, je vous en prie, oubliez tout ça et ne m'importunez pas avec un passé que j'abhorre.

- Je regrette, répondit Otten un peu gêné, mais je savais que vous aviez abandonné de plein gré votre titre d'archiduc...

- ...et mon grade de colonel d'artillerie. Oublions, oublions, voulez-vous ?

Ils l'oublièrent si peu et si mal que, petit à petit, Jean Orth parla et encore parla...

* * *

L'an 1883 décédait en Autriche, où il résidait, Henri de Bourbon, comte de Chambord. Petit-fils de Charles X, il était prétendant au trône de France et avait épousé Marie-Thérèse de Habsbourg-Este. L'année même de sa mort, en 1886, celle-ci avait remis à son lointain cousin, Jean-Salvator, une somme de 3000 francs-or[1] destinée à un prêtre français, curé d'une très pauvre paroisse de l'Aude, dans le Midi de la France.

- Pour l'inciter à restaurer son église, avait-elle dit.

Comme Jean-Salvator s'étonnait, elle avait ajouté :

- Cette église, à Rennes-le-Château, cache un trésor. Je le sais parce que le précepteur de mon mari, le comte de Hautpoul de Blanchefort, était apparenté à la famille régnant sur Rennes-le-Château.

- Un trésor, dites-vous ?

- Et peut-être même un grand secret pouvant intéresser notre famille. Allez donc expliquer cela à ce curé… Sans rien lui dire d'essentiel ! Qu'il cherche, qu'il fouille… Sous prétexte de restauration…

Jean-Salvator n'avait pu en savoir davantage.

- Jure-moi… avait balbutié la comtesse avant de tomber dans un coma dont seule la mort allait la délivrer.

L'archiduc avait juré et s'était présenté la même année à Rennes-le-Château :

- Monsieur le curé, appelez-moi simplement Monsieur Guillaume. L'an dernier, vous avez prononcé ici un sermon anti-républicain, ce qui vous a valu une suppression de traitement. Très touchée par votre zèle royaliste si mal récompensé, la comtesse de Chambord m'a chargé de vous remettre ce don qui vous aidera à restaurer votre église.

"Maçonnez… Creusez… Dégagez la crypte… Et qui sait ? Comme votre fabuliste le faisait dire par un vieux laboureur à ses enfants : un trésor est caché dedans."

---

[1] *Environ 16 000 euros.*

Là-dessus, monsieur Guillaume s'était retiré avec une dignité toute princière

* * *

Un soir,- c'est-à-dire vers minuit,- un soir donc, les deux nouveaux amis se promenaient non loin de la cabane, sautillant pour éviter de mettre le pied dans les flaques marécageuses stagnant sur la rive du détroit.

- Tiens, fit tout à coup Fred Otten, je crois me souvenir vous avoir aperçu, lors d'un bal à la Cour, il y a deux ans. Vous paraissiez très empressé auprès d'une femme ravissante…

- Exact, mon cher. C'était la grande chanteuse Ludmilla Stubel, Milly pour les intimes. Nous nous sommes bien entendus, elle et moi. Euh… très très bien entendus, j'insiste… Milly m'a accompagné jusqu'ici. Au début elle était enchantée de vivre dans une nature sauvage. Puis, petit à petit, vint la nostalgie des montagnes de chez nous… Et sa fille lui manquait tellement !

- Vous avez eu une fille ?

- Oui, Sophie. Un bébé superbe.

- Sophie Orth ?

- Non, Sophie Stubel. Nous l'avions confiée à une famille amie, les Falkenberg. Milly est allée reprendre sa fille, puis… Puis ce fut mon tour de me mettre à rêver à d'autres cieux, des cieux moins hostiles. Bientôt, cher Fred, je partirai d'ici… Nous en reparlerons…

Jean Orth resta un long moment silencieux.

- Milly et moi avons tant voyagé, en Europe, en Amérique. Et bien entendu rencontré des tas de gens, bien oubliés depuis lors… L'un ou l'autre m'a quand même laissé quelques souvenirs. La cantatrice Emma Calvé, par exemple. C'était à

Paris… En 1888, je pense. Milly avait un moment fraternisé avec elle et discuté métier.

- Mademoiselle Stubel ne s'est-elle pas sentie écrasée par la célébrité naissante d'une cantatrice aussi formidable que la Calvé ? La diva du *Faust* de Gounod !

- Pas du tout ! Milly chantait *Faust*, elle aussi. Elle aimait tant la complainte de Marguerite, un air si mélancolique…

Il était un roi de Thulé
Qui jusqu'à la tombe… Hem… Heuh… Heuh…

Jean Orth n'avait pas de voix. Il le savait et n'alla pas plus loin.

- Non, fit-il en riant, je renonce. Mais si je chante mal, je compose néanmoins pour les chanteurs. Peut-être l'avez-vous appris ? J'ai composé pour Milly, notamment.

- Moi, répondit Otten, il m'arrive de chanter. Mais à la romance incolore de Marguerite je crois préférer les sombres couplets de Méphisto. Ils s'appliquent si bien aux Habsbourg.

Sur ce, dressé comme un héros antique sur un rocher émergeant des rives humides du cauchemardesque détroit de Magellan, l'Autrichien déploya une belle voix de basse :

Et Satan conduit le bal,
Et Satan conduit le bal,
Conduit le bal…

* * *

29 janvier 1889. Mayerling…

Loschek, le fidèle serviteur, découvre, le matin, les cadavres ensanglantés de l'archiduc héritier Rodolphe et de sa toute jeune maîtresse, la mignonne comtesse Marie Vetsera. Tous deux gisaient côte à côte sur le lit du petit pavillon de chasse où l'archiduc venait parfois cacher ses amours semi-clandestines. Suicide, a-t-on affirmé illico... Voire !

C'est un assassinat, laissa sous-entendre un médecin légiste dans son procès-verbal d'autopsie : Rodolphe est mort d'une balle tirée dans la tempe gauche, mais il était droitier !

Ce n'est pas un suicide, déclara beaucoup plus tard l'ex-impératrice Zita. Rodolphe a été liquidé par les services secrets français, sur l'ordre de Clémenceau. Pourquoi ? Pour une obscure question d'alliance manquée entre l'Autriche et la France contre l'Allemagne.

C'est un meurtre relevant de la politique intérieure, affirmèrent certains, meurtre machiné par les Habsbourg eux-mêmes : Rodolphe n'avait-il pas noué une conjuration pour se faire proclamer roi de Hongrie, sous une très vague suzeraineté de l'empereur d'Autriche ?

C'est un drame de l'amour finissant, proclamèrent les romantiques. Rodolphe n'aimait plus Marie et il ne savait comment s'en débarrasser.

Pauvres Habsbourg... Vraiment, Satan conduisait leur bal...

- Et vous-même, dans tout cela ? demanda un matin Fred Otten.

- Moi ? Je ne devais plus, je ne voulais plus, je ne pouvais plus continuer la vie que j'avais menée jusqu'alors. Je ne voulais plus être ce fantôme prétentieux qu'on appelle un archiduc, une altesse impériale.

"Rodolphe avait été pour moi plus qu'un simple cousin. Nous partagions les mêmes rêves, les mêmes ambitions. Nous étions pétris d'idées libérales, ce qui suscitait la méfiance de l'empereur François-Joseph. Pour moi, l'assassinat de Rodolphe, c'était la fin de tout.

- Et vous-même, vous êtes-vous senti menacé ?

- Oui, parfois... Je suis allé me cacher en France. Et là, j'ai repris contact avec le curé, dans le Midi. Il s'était effectivement lancé dans de fastueux travaux de restauration et avait découvert des objets précieux, des bijoux, des calices dont il ne savait trop que faire. Nous nous sommes associés... Je l'ai aidé à monnayer ces richesses. Il avait besoin d'argent et moi aussi. Nous avons partagé.

"Et ainsi ai-je pu acquérir à Liverpool un beau trois-mâts, le *Santa Marguerita,* et m'embarquer pour l'Argentine avec Milly, le 28 mars 1890, très exactement.

- Donc, votre mystérieux curé avait découvert le trésor dont vous avait parlé la comtesse de Chambord ?

- Non, je ne crois pas. Il avait simplement pillé des tombes. Mais il m'a montré des documents assez mystérieux, des textes visiblement cryptés qu'il disait avoir découverts dans l'une ou l'autre cachette de sa vieille église. D'après un ami érudit, m'a-t-il dit, ces documents doivent concerner le trésor des Mérovingiens.

- Qu'est-ce que les Mérovingiens sont allés faire dans ce coin perdu ?

- Je n'en sais rien du tout.

- Et que sont devenus les fameux documents ?

- Le curé en avait fait des calques. Puis il avait remis les originaux à un cercle occultiste de Saint-Sulpice et ensuite laissé croire qu'ils avaient disparu dans l'incendie de la mairie de son village. C'est ce que m'a raconté Milly dans une lettre envoyée via Punta Arenas. Mais parlons d'autre chose, voulez-vous ?

Fred Otten comprit qu'il ne fallait pas en demander davantage... C'est à sa grande surprise que, quelques jours plus tard, Jean Orth lui dit brusquement :

- Cher ami, moi je m'en vais. Je rentre en Europe, je veux retrouver Milly. Elle et moi, nous nous installerons n'importe où, sauf en Autriche ! Je vous lègue tout ce qui est ici... Vous pourrez même vous faire appeler Jean Orth, si cela vous chante, cela simplifierait certaines choses...

Otten resta longtemps muet, puis, subitement :
- Votre offre me tente… Je vais y réfléchir…

* * *

En 1909, le comte Jean de Liniers, chevalier de la pluie lui aussi, s'obstinait à chercher un passage, un col, dans les Andes méridionales de la Patagonie. C'est ainsi qu'un jour d'été il rencontra un personnage âgé, d'autant plus curieux qu'il portait un veston sans revers de col, typiquement autrichien, et qu'avec son vieux péon il parlait un allemand très distingué.

L'inconnu se présenta sous le nom de Fred Otten, mais dans les jours qui suivirent, le comte de Liniers crut deviner que sous ce nom se cachait l'archiduc Jean-Salvator. Son interlocuteur ne lui paraissait-il pas savoir tant et tant de choses sur la cour de Vienne et sur certains événements plutôt mal connus, survenus au siècle passé ?

Les deux hommes fraternisèrent avec cette chaleur que seuls peuvent connaître les ermites des sables, les reclus de la brousse ou les chevaliers de la pluie. Puis, après quelques semaines, le comte s'en retourna vers Paris, bien persuadé qu'il avait rencontré en Patagonie le fantaisiste archiduc de Habsbourg-Toscane. C'est ce qu'il allait raconter çà et là, notamment à un ambassadeur, historien à ses heures, Maurice Paléologue.

Jean de Liniers revint en Patagonie, ainsi qu'il l'avait promis à l'étrange Autrichien. Pour apprendre de la bouche du vieux péon que l'hidalgo étranger était mort là, dans cette cabane, quelques mois plus tôt.

* * * * *

Vienne - La Tour Saint-Étienne

Cette tour a connu les Habsbourg, dont l'archiduc Jean-Salvator, dit Jean Orth, arrière-grand-père de Kurt. Ayant honni son impériale famille et profité du trésor d'un curieux curé, ami d'Emma Calvé, Jean Orth disparut en Terre de Feu.

CHAPITRE IV

Où l'intrigue risque de se perdre dans le désert du Néguev mais de rebondir dans l'église Saint-Sulpice à Paris.

Moins d'un quart d'heure après le coup de téléphone de Dédée, une voiture de police, reconnaissable à son gyrophare, s'arrêtait sur un signe de Paul Gilson, qui grommela :

- Ça, c'est de la rapidité !

- Inspecteur Duvart, fit l'occupant, un homme encore jeune.

- Commissaire Gilson. Mais... nous nous connaissons ! Rappelez-vous, le Procope ! Hier !

L'arrivant semblait avoir quelque mal à se souvenir.

- Ah oui, je vois...

- Tiens, vous êtes seul ? Notre homme est en face, ajouta Paul Gilson. Mais là, comme c'est un sanctuaire diplomatique, il faudra bien attendre que notre suspect en sorte. Et je vous conseille vivement d'enlever votre très indiscret gyrophare.

À ce moment, une auto portant une plaque diplomatique vint s'arrêter devant l'ambassade.

- Le voilà, notre homme ! C'est pour lui, la voiture !

- Parfait, fit Duvart, je prends la filature.

- Et moi, fit Gilson, je vais aller bavarder avec une dame conseillère que je connais de longue date. Depuis Bruxelles.

Regardant les deux voitures s'éloigner l'une derrière l'autre dans la rue Rabelais, il remarqua :

- Pas très soigneux, à la Préfecture ! Tu as vu ? Leur Peugeot est dotée d'une belle bosse au garde-boue arrière droit.

- C'est peut-être récent, répondit Dédée d'un ton conciliant.

Ils sonnèrent à la porte ornée du fameux chandelier à sept branches, ce qui fit apparaître, à travers le judas, un visage soupçonneux dont le propriétaire consentit à ouvrir. Les visiteurs franchirent un sas tandis que le cerbère tâtait les poches de Monsieur et auscultait la sacoche de Madame.

- Vous comprenez... nous excuser... la sécurité... les terroristes..., crut devoir dire poliment, et avec un drôle d'accent, un huissier qui avait assisté à la fouille.

- Nous voudrions être reçus par madame la conseillère Colette Averdal.

- Madame Averdal, jusque demain pas présente, répondit l'huissier dans un français aussi cocasse que son accent. Elle est absente et n'est pas là, compléta-t-il.

- Bien, bien, répondit Gilson. Je reviendrai. Au revoir, monsieur.

- Shalom, messieurs dames...

- Eh bien, chéri, fit Dédée sur le trottoir, il ne nous reste plus que les peintres Nabis.

Et ils se dirigèrent vers le Grand Palais.

Ils s'y seraient franchement ennuyés s'ils n'avaient eu la chance de bavarder avec la cicérone, une très charmante et très érudite personne, aux longs cheveux blonds.

Comme ils s'étaient arrêtés devant *Les Sorcières*, une huile de Paul-Elie Renson, la jeune femme les avait abordés :

- Vous vous intéressez au mouvement Nabi ?

- Eh bien...

- Vous ne pourrez comprendre les Nabis si vous ne tenez pas compte de leurs affinités avec la Théosophie...

- Ah oui, une secte du siècle dernier.

- Une secte ! Mais pas du tout ! La Théosophie groupe l'ensemble des théories qui prétendent mener les hommes à la sagesse, en recherchant Dieu dans la vie intérieure, et la vérité éternelle dans l'enseignement commun à toutes les religions.

- Ah ?

- Examinez ce tableau...

- Je ne vois que trois femmes nues, fit Dédée. Elles sont rouges avec des contours bleus.

- Elles symbolisent l'entretien du feu, de la divinité visible sur terre. Elles sont les forces spirituelles (aura bleue), ces forces créatrices de la matière (rouge). Elles œuvrent donc pour le bien de l'humanité.

Peu familiers avec l'ésotérisme, les Gilson en restaient bouche bée.

- De quand date ce tableau ? avait alors demandé Paul pour dire quelque chose.

- De mai 1891. La Théosophie venait d'être fondée par Héléna Pétrovna Blavatsky. Rappelez-vous, Brunetière ayant proclamé la faillite de la Science, un grand mouvement commençait à secouer Paris puis toute la France : tout ce qui est occulte, mystérieux, interdit, miraculeux, terrifiant, formait un tourbillon spirituel entraînant dans son sein des astronomes, des mathématiciens, des ingénieurs. Et des musiciens, tel Debussy. Et des peintres, les Nabis précisément. Et d'autres artistes encore, comme la merveilleuse cantatrice Emma Calvé.

Ici, les deux Gilson avaient failli sursauter avec un bel ensemble : Emma Calvé !...

- Tiens, avait fait Paul avec une feinte indifférence, j'ai déjà entendu citer ce nom. Cette diva ne s'était-elle pas lancée dans la recherche du trésor de l'alchimiste Nicolas Flamel ?

Enchantée d'entendre poser une telle question, la jolie cicérone avait souri :

- Certainement, monsieur. À l'époque, tout un monde parlait de trésor, mot qui s'incorpore aisément dans les doctrines ésotériques. Depuis toujours, l'idée avait obsédé bien des gens, le peintre Eugène Delacroix, par exemple. Vous vous intéressez aussi aux histoires de trésor ?

- Oui, madame. Mais un peu, un tout petit peu... Donc, Delacroix, disiez-vous ?...

- Parfaitement. Voyez donc à Saint-Sulpice, la grande toile représentant le vol du trésor de Jérusalem par Héliodore. Très mystérieuse, elle attirait les contemporains d'Emma Calvé, dont nombre d'occultistes, et même des prêtres.

La jeune femme avait hésité un instant, puis, avec un beau sourire :

- Si cela vous tente, venez écouter les explications,- très touristiques ! - que je dois donner demain dans l'église, vers onze heures.

- Merci, madame. Nous y serons. Puis-je connaître votre nom ?

- Catherine... Oui, Catherine, cela doit suffire. Au revoir, monsieur et madame... Et à demain à Saint-Sulpice.

Et la jeune cicérone s'était dirigée vers un groupe de visiteurs qui contemplaient, perplexes, *Le Talisman*, une huile de Paul Sérusier, peinte sur un minuscule panneau de bois.

- Ça alors...

C'est tout ce que Paul avait trouvé à dire en quittant le Grand Palais...

* * *

Le lendemain matin, jeudi, l'ex-commissaire obtint sans difficulté un rendez-vous pour neuf heures trente avec madame Colette Averdal, conseiller d'ambassade.

On lui épargna la fouille à l'entrée et on l'introduisit dans un bureau très moderne qu'ornaient les portraits de Theodor Herzl et de David Ben Gourion, les Pères Fondateurs. Colette reçut Paul avec beaucoup de chaleur, et l'un comme l'autre se mirent à évoquer alternativement les quelques affaires dans lesquelles ils avaient été appelés à collaborer au temps où Colette travaillait à l'ambassade à Bruxelles, avenue de l'Observatoire.

- Oui oui, je me souviens, le coup du faux résident palestinien...

- Et la bombe devant la Grande Synagogue...

- Et l'attentat manqué contre Rozenstein...

- Et les faux papiers... non le faux passeport... Bref, je ne sais plus...

Paul Gilson avait toujours éprouvé une grande sympathie,- pour ne pas dire plus,- à l'égard de la jolie Israélienne, une femme d'une trentaine d'années, intelligente en diable, et dynamique, redoutablement dynamique.

- Bon, fit Gilson, nous voilà comme deux anciens combattants qui échangent des feux croisés de souvenirs...

Là-dessus, Colette et lui se mirent à rire comme des gosses.

- Dirai-je que c'était le bon temps? Cher commissaire, qu'est-ce qui vous amène?

- Voilà, belle amie. Bien que retraité, je me trouve impliqué dans un crime survenu lundi au quartier de Saint-Germain-des-Prés.

Colette Averdal cessa brusquement de sourire :

- Le meurtre d'un jeune Américain?

- Oui... Comment savez-vous cela?

- Parce que c'est mon métier de tout savoir... Je sais que vous êtes mêlé à l'affaire, je sais qu'on vous a soupçonné de quelque chose, et je sais aussi qu'on vous a habilement cuisiné à l'auberge de Nicolas Flamel, ici à Paris.

- Quoi ! ? Ce Ludwig ? Celui que j'ai vu hier entrer ici ?

- Il n'y a pas de Ludwig… Il y a Yitzhak, un bon ami, venu de Tel Aviv…

- Mais le Quai des Orfèvres et moi le soupçonnons d'être le meurtrier !

- Ce en quoi vous vous gourez, cher commissaire.

- Alors, ce Ludwig ?…

- Pardon, ce Yitzhak…

- Peu importe… C'est un flic, n'est-ce pas ?

- Pas du tout.

- Alors, un agent du Mossad ?

Colette sembla hésiter un moment, puis lança :

- Maybe… Nous ne savons pas tout, dans les ambassades.

- Eh là, chère amie ! Votre métier n'est-il pas de tout savoir, disiez-vous ? La jeune conseillère eut un grand éclat de rire :

- Arrêtons ces escarmouches, commissaire, et jouons cartes sur table. À vous, dear…

- Soit, mais dites-moi d'abord, si possible, ce que ce mystérieux agent est venu faire à Paris ? Et comment il se trouve mêlé au drame dont je parlais ?

- Je ne sais pas… Ne me regardez pas ainsi. Là, je ne sais pas, franchement. Je crois que c'est très accidentellement que Yitzhak a été mis sur l'affaire et sur vous-même.

- Bon, soit… Ne s'occuperait-il pas de la recherche d'un trésor ?

Paul vit son interlocutrice froncer les sourcils et rester muette.

- Vous ne répondez pas… Eh bien, puisqu'on joue cartes sur table, voici la mienne !

Prenant une mine de joueur de poker, il abattit le petit carton que le soi-disant Ludwig avait perdu,- ou soi-disant perdu ! - chez Nicolas Flamel.

- Selon votre Isaac, ajouta Paul, cette carte est la clé de

tous les trésors.

Colette prit le carton, l'examina... et partit d'un nouvel éclat de rire.

- Yitzhak s'est bien moqué de vous ! Je le connais, c'est un redoutable fantaisiste. Il a dû vous en raconter, des fariboles ! C'est sa manière à lui de sonder les gens. Je traduis :

"Au Trésor" / Ors et diamants / Dizengoff 25 / TEL AVIV.

Gilson prit un air assez piteux. Retournant la carte que venait de lui remettre Colette, il montra un vague gribouillis qui en zébrait le dos.

- Et ça ? Qu'est-ce que c'est ?

La jeune femme reprit le carton, le scruta, l'examina avec une loupe puis dit, en hésitant :

- C'est de l'écriture cursive hébraïque. Je crois lire Bou-ga-rak, ou quelque chose comme ça. Oui, Bou Garak. On dirait de l'arabe... Je ne vois pas...

- Vous me rendez ce carton ?

- Si vous voulez, cher commissaire...

- Merci. Et maintenant, revenons à nos moutons. Que faisait ici votre Isaac ?

- Yitzhak, Yitzhak. Il était en mission. Je ne peux vous en dire plus. Peut-être si vous me racontez ce que vous savez, nous pourrions avancer.

Gilson eut un moment le sentiment que sa charmante interlocutrice le faisait marcher. Néanmoins, il entama le récit de tout ce qui était arrivé depuis le vol du bouquin rue de Seine jusqu'à l'incarcération du descendant des Habsbourg.

- Ce jeune homme est innocent, j'en ai la conviction.

- Yitzhak en est convaincu, lui aussi.

- Donc, il enquêtait ? Vous ne répondez pas ? Bon. Remettons la suite à plus tard, si vous voulez bien. Vous m'excuserez, mais je dois aller rejoindre ma femme qui fait du tourisme à Saint-Sulpice. On doit nous y parler du vol du trésor du Temple de Jérusalem par un méchant monsieur nommé Héliodore.

- Un Syrien... Oui, déjà... Mais alors des anges étaient descendus du ciel pour le châtier. C'est ce que raconte l'immense toile de Delacroix que vous découvrirez dans la chapelle des Saints-Anges. Yitzhak et moi avions été la voir ensemble.

- Tiens ! Vous vous intéressez à cette histoire de vol sacrilège et de châtiment du voleur ?

- Tout ce qui touche au Temple disparu interpelle les Juifs.

- Dites-moi, chère madame...

- Pas de "madame", mais Colette, tout court.

- Soit. Eh bien, Colette, je vous invite à dîner ce soir. Au Fouquet's ? Cela vous convient ? Je vous présenterai ma femme.

- La directrice de l'agence Matari ?

Quelque peu étonné, Gilson préféra plaisanter :

- Ah, vous savez cela aussi ?

- Nous savons tout, vous ai-je dit...

Là-dessus ils se mirent à rire comme deux vieux complices et s'embrassèrent comme deux vieux copains en se répétant : "À ce soir... À ce soir..."

Mais après avoir repassé le sas, le commissaire sentit qu'il ne parvenait pas à se défaire d'un certain malaise. "Ce soir, pensait-il, je dois absolument la faire parler". Il sortit avec l'intention de se rendre à pied à Saint-Sulpice, mais après un bout de temps, il plongea distraitement dans une station de métro, la première venue, ce qui lui fit inutilement faire le tour d'une ville qu'il croyait cependant bien connaître.

Il traversa la place Saint-Sulpice, ne jetant qu'un coup d'œil distrait à la grande fontaine ornée de quatre statues. Perché sur les escaliers, un guide expliquait à une poignée de touristes béats qu'il s'agissait de la Fontaine des Quatre Points Cardinaux, jeu de mots connu désignant quatre évêques célèbres qui ne furent “point cardinaux”.

À l’intérieur de l’église, à droite en entrant, dans la chapelle des Saints-Anges, même topo : un guide entouré de touristes jouant parfaitement leur rôle de touristes. Mais ici, le cicérone était la charmante Catherine, et en l’écoutant, Paul comprit qu’il arrivait en retard. Dans la petite foule il aperçut Dédée qui semblait le chercher des yeux.

- On se demande toujours, disait Catherine, ce qui a poussé Delacroix à peindre, dans cette église et par deux fois, le combat de l’homme et de Dieu. Ici, comme je viens de vous l’expliquer, on nous montre un homme bon, Jacob, qui lutte avec l’Ange. Et là, mesdames et messieurs, là en face (tous les auditeurs firent ensemble un parfait demi-tour), c’est un homme mauvais qui est châtié pour son sacrilège. Deux anges justiciers foncent en planant, verges à la main, tandis qu’un troisième, à cheval, s’apprête à écraser le Syrien. Celui-ci gît déjà, vous le voyez, sur un escalier où ruissellent les ors et les pierreries du trésor volé.

Catherine adressa un petit signe à Paul qui venait de rejoindre Dédée.

- Ce tableau, continua-t-elle, n’a pas peu contribué à la réputation d’ésotérisme qui s’attache à l’église tout entière. Delacroix était un initié, très lié à George Sand, elle-même occultiste fervente. Et pour d’aucuns, ce gigantesque tableau est associé à l’affaire de l’abbé Saunière, le sulfureux curé de Rennes-le-Château, en pays cathare, celui qui, le siècle dernier, devint fabuleusement riche après avoir, dit-on, pillé un trésor fantastique, comme cet Héliodore que vous voyez là, durement châtié.

“Ce prêtre fréquenta les cercles occultistes de Saint-Sulpice, car son évêque l’avait envoyé à Paris pour montrer à des spécialistes d’étranges documents cryptés, découverts dans sa petite église. L’un de ceux-ci donnait notamment, après décryptage : “Par la croix et ce cheval de Dieu j’achève ce démon de gardien à midi. Signé : Pommes bleues." L'allusion au tableau de Delacroix semble assez évidente.

- C'est vrai, tout ça? demanda naïvement l'un des touristes.

- On le pense, répondit Catherine en souriant.

Un autre auditeur, l'air plus intellectuel que le précédent intervenant, leva le doigt :

- Doit-on comprendre que ce tableau de Delacroix contiendrait un message crypté qui aurait permis au curé de découvrir son trésor?

- Je ne crois pas, monsieur. Il y a trop de discordances dans les dates. Mais ceci n'enlève rien au caractère à jamais énigmatique de ces deux peintures de Delacroix.

Paul regarda sa femme et fit, à voix basse :

- Ou bien elle ne sait rien, ou bien elle ne veut pas en dire plus.

Puis, brusquement, dans un murmure :

- Regarde là, près de la sortie... Notre Isaac-Ludwig! Reste là, je vais l'aborder...

Tandis que Paul se faufilait dans la foule, Isaac-Ludwig, plus rapide, avait franchi la grande porte de l'église. Et notre commissaire put tout juste le voir entrer dans la voiture de l'ambassade, à l'autre bout de la place, et ainsi disparaître par la rue Bonaparte...

Rejoignant sa femme, Paul soupira :

- Crois-tu que nous y comprendrons quelque chose, un jour?...

Debout sur les marches du chœur, Catherine achevait son petit speech :

- Oui, cette église cache bien des secrets. Par exemple : pourquoi son chemin de croix tourne-t-il dans le sens contraire de celui des autres églises françaises?

- Ce serait donc là le grand secret de Saint-Sulpice?

demanda un touriste qui se croyait plein d'humour.

Catherine ne se laissa pas démonter :

- Sachez, monsieur, que Maurice Maeterlinck a dit : "Le grand secret, le seul secret, c'est que tout est secret."

Les Gilson lui envoyèrent un lointain sourire, sortirent et se dirigèrent vers Saint-Germain.

- Entrons dans le premier café venu, fit soudain Paul. Je voudrais téléphoner à Morand.

Ce "premier café venu", c'était le Deux-Magots.

Quand Dédée vit son mari sortir rayonnant du sous-sol, elle comprit que les nouvelles étaient excellentes :

- Chérie, notre jeune Habsbourg est innocent ! L'autopsie est sans équivoque : la fracture mortelle du crâne est due à la chute, et non à un coup de matraque. Le juge signera demain la levée d'écrou. Je te propose d'aller tenir compagnie ce soir aux Calvet, ils vont être ravis.

- Et toi ?

- Je dîne au Fouquet's avec une vieille connaissance, Colette Averdal, cette diplomate que tu as dû rencontrer lors de réceptions à l'ambassade d'Israël, à Bruxelles.

- En effet... Mon cher époux, je constate qu'une fois de plus tu t'offres,- professionnellement, n'est-ce pas ? - un repas fin avec une femme jolie et intelligente.

- Dédée, ne sois donc pas jalouse ! Ce matin, à l'ambassade, Colette s'est littéralement payé ma g... Écoute...

Et tandis que le garçon apportait l'apéritif commandé, Paul commença un récit détaillé du bizarre entretien du matin.

- Tu vois, chérie... Je crois que devant une bonne table notre amie sera plus bavarde. Et plus franche.

Effectivement, c'est une Colette ouverte et souriante que Paul vit entrer au restaurant et venir s'asseoir à côté de lui sur une banquette tournant le dos aux fenêtres de l'avenue George V.

- Et votre femme ? demanda la diplomate.

- En mission...

- Ah oui, Mata-Hari...

Ayant commandé deux portos, ils bavardèrent de tout et de rien, puis Paul, avec un petit sourire en coin, montra le menu.

- Il paraît qu'ils ont un rôti de porc absolument délicieux.

- Cher Paul... Oubliez-vous que je suis Juive ? Ou bien vous payez-vous ma tête ?

- Riposte du berger à la bergère, belle amie. Vous vous êtes bien payé la mienne, ce matin, n'est-ce pas ?

Colette regarda franchement son voisin dans les yeux :

- Oui, excusez-moi... Il n'y a pourtant aucun secret diplomatique dans l'affaire dont s'occupe Yitzhak. Nous allons en parler immédiatement, mais d'abord passons la commande. Du gibier aux airelles ?

- Et auparavant des huîtres ?

- Paul, voyons, cessez ce petit jeu. Vous savez très bien que nous ne mangeons pas de poisson sans écailles.

- L'huître n'est pas un poisson !

Ils mirent fin à leurs chamailleries et Paul goûta le Nuits-Saint-Georges qu'un sommelier en tablier bleu venait de déboucher avec beaucoup de cérémonie.

- Cher Paul, vous aviez raison ce matin, Yitzhak est un agent du Mossad. Il accompagne une mission dont le but est de retrouver le trésor du Temple de Jérusalem, trésor caché dans le Midi de la France, pense-t-on. Persuadé que des gens possèdent à Paris des renseignements sur la question, il voulait sonder les milieux ésotériques, fouiller dans les bouquineries, consulter des historiens. C'est ainsi qu'il a passé de nombreuses heures à la Bibliothèque Nationale, où il est tombé sur d'étranges manuscrits, enregistrés là en exemplaires uniques.

- Des manuscrits parlant de quoi ?

- De trésors cachés dans l'Aude. C'est là qu'il se rendra bientôt.

- Est-ce pour cela que ce matin il était à Saint-Sulpice, écoutant une historienne très savante en matière d'occultisme ? À mon avis, il y a perdu son temps.

- Possible. Il avait cru avoir plus de chance en filant les Calvet. C'est ainsi qu'il a presque assisté au meurtre du jeune Américain. Il a alors joué au médecin, et (Colette se mit à rire) vous lui avez naïvement remis votre carte d'hôtel.

- Mais ce médecin était barbichu !

- Yitzhak est un virtuose du déguisement. Il croyait avoir entrevu l'assassin présumé et il fut très surpris de vous voir surgir et chercher quelque chose sous le cadavre.

- Je cherchais ce fameux livre de Flamel dont je vous ai parlé. Une remarque, toutefois : il n'y a pas eu meurtre, mais bien un malencontreux accident, j'en ai la confirmation.

- Vous croyez ? Yitzhak a aperçu l'assassin, disais-je, mais n'en a retenu qu'un détail : la casquette anglaise. Affublé d'un semblable couvre-chef, il vous a joué chez Flamel la comédie dont vous vous plaigniez ce matin. Après cette rencontre, il avait conclu que vous n'étiez pour rien dans l'affaire, et que vous ne vous intéressiez guère aux histoires de trésors cachés.

- Si je comprends bien, votre Isaac m'avait filoché depuis mon hôtel. Et moi, je lui ai rendu la monnaie de sa pièce, ce qui m'a conduit jusqu'à vous. Et maintenant, que fait-il ?

- Il va, il vient… Il dit qu'il est filé par la police. Et là, il n'est pas content du tout.

- N'est-ce pas de sa faute ? Pourquoi diable adopter la même coiffure que l'assassin présumé ? C'est moi qui l'ai fait suivre, je vous l'ai dit.

- Hier, il m'a confié être sur une piste intéressante… Je n'en sais pas plus…

- Dommage…

- La mission dévolue à Yitzhak avait été définie il y a deux ans, à Jérusalem, lors d'une importante réunion tenue à...

Colette fut interrompue par le passage d'un groom qui appelait : “Madame Averdal au téléphone... Madame Averdal...”

- Tiens, remarqua Gilson, on sait que vous êtes ici ?

- Oui, en ces temps troublés nous avons adopté une règle : signaler nos déplacements.

Colette se leva, et cinq minutes plus tard Paul la vit revenir en larmes, pâle, trébuchant, visiblement angoissée.

- Paul, c'est terrible... Yitzhak... mort... un attentat... voiture piégée.

- Terrorisme ?

- Certainement... les Arabes... des Syriens peut-être...

La jeune diplomate s'écroula sur son siège, appuyant la tête sur l'épaule du beau commissaire.

* * * * *

FLASH-BACK N° 4

Jérusalem, mai 1968

Elie et Eliah venaient de quitter la *Mea Shearim*,- la Cité aux Cent Portes, haut lieu de l'orthodoxie à Jérusalem,- marchant d'un même pas égal vers l'hôtel King David. "Tiens, deux types aux pieds plats", avait remarqué un touriste en se retournant. Ce en quoi il se trompait : les deux jeunes gens étant des *hassidim*, autrement dit des Juifs ultra-orthodoxes, ils devaient porter des souliers sans talon et sans lacets, ce qui leur donnait cette démarche si caractéristique, la même chez tous leurs congénères.

On les reconnaissait aussi à leur *kippa*, la calotte serrante faite de velours noir. Et par-dessus cette calotte, le *qapilouch*, le traditionnel chapeau rond aux larges bords plats, fiché horizontalement. Duquel chapeau jaillissaient les papillotes bien connues. Sous la longue veste sombre et par-dessus la chemise blanche, on devinait une sorte de chasuble étroite, couleur crème, dont dépassait, attachée à chaque angle inférieur, une frange rituelle en quatre pièces, évocation de l'Alliance qui unit Yahvé à son peuple.

Elie Fitoussi était un Juif séfarade et Eliah Kalman un ashkénaze. Le premier avait dû abandonner son Maroc natal. Le second, Français, avait échappé à la *Shoah* grâce au dévouement des Frères des Écoles Chrétiennes, qui l'avaient caché dans un collège à Lille. Orphelins, ils avaient été recueillis à la Mea Shearim par des gens très pieux qui les avaient envoyés dans la plus proche *yéchiva*. Ainsi leur fit-on lire et répéter, à longueur de journée, des textes et encore des textes, et aussi appliquer le *pilpoul*, la méthode d'étude talmudique qui forme si bien les esprits aux distinctions les plus subtiles et les plus alambiquées.

Mais spontanément, les deux camarades s'étaient intéressés à l'Histoire, et surtout à un problème historique : qu'était devenu le Trésor du Temple de Jérusalem ? Et de fil en aiguille ils s'étaient posé la question : ce fameux trésor, volé par les Romains, n'aurait-il pas été dispersé, et même mélangé avec l'un ou l'autre de tous ces trésors qui sont cachés, disait-on, dans le Midi de la France ? Des agents du Mossad avaient déjà prospecté, mais sans succès, la région sud du département de l'Aude. Maintenant, on faisait appel à l'érudition des deux jeunes hassidim.

- Au King David, avait dit leur rabbin, vous rencontrerez madame Edith De Buur, une dame hollandaise, très riche, qui peut et veut faire beaucoup pour Israël. À vous de la convaincre de financer une mission de recherches en France.

Engagés maintenant dans la rue David Hamelekh, et marchant toujours du même pas saccadé, nos deux amis dépassèrent l'Institut Pontifical de Recherches Bibliques, jetèrent un coup d'œil sur le vaste immeuble de l'YMCA, pénétrèrent dans le luxueux hall de l'hôtel et se laissèrent conduire dans le petit cabinet où les attendaient non seulement la généreuse milliardaire mais aussi un personnage aux traits impassibles.

- Appelez-moi Yitzhak, dit l'homme. Yitzhak, sans plus.

Puis, se tournant vers la dame :

- Madame, je vous présente Elie et Eliah, les érudits dont je vous ai parlé.

Avec un bel ensemble, les deux hassidim enlevèrent leurs chapeaux, mais non leurs calottes, puisque cela est interdit.

Ils furent immédiatement séduits par la personnalité d'Edith De Buur : une femme grande, distinguée, bien droite et encore très belle sous des cheveux d'un blanc éblouissant.

Elle tendit gentiment la main, puis la retira aussitôt devant l'air embarrassé des deux compères.

- Pardonnez-moi, j'oubliais...

Effectivement, elle venait d'oublier qu'un hassid ne peut toucher une femme qui n'est pas la sienne. Elie et Eliah se confondirent en excuses souriantes.

- Asseyons-nous, fit Yitzhak... Messieurs, vous savez pourquoi nous sommes ici. Avant que madame et les services spéciaux d'Israël ne se lancent dans une coûteuse chasse au trésor, je voudrais que vous nous exposiez ce que vous savez à ce sujet. Nous pouvons nous exprimer en français, langue que madame parle très couramment.

Tout le monde s'étant assis, Elie fit un petit signe à Eliah et celui-ci sortit un livre de la serviette qu'il avait apportée :

- Un premier point...

Il parlait d'une voix pointue, un peu prétentieuse :

- ...la question qui nous intéresse ici pourrait bien être jetée en pâture au grand public à cause de ce livre récemment paru en France : *L'or de Rennes ou la vie insolite de Bérenger Saunière, curé de Rennes-le-Château*, par Gérard de Sède. L'auteur laisse entendre que vers 1890-95, ce curé aurait découvert un trésor qui l'avait prodigieusement enrichi.

- Or, fit Elie de sa voix teintée d'accent maghrébin, la région de Rennes semble fourmiller de trésors cachés, dont le "nôtre", pourquoi pas ?

- Où se trouve cette ville de Rennes-le-Château ? demanda Edith De Buur.

- Ce n'est pas une ville, mais bien un tout petit village perché sur une colline au centre d'une contrée plutôt sauvage qui fut le comté de Rhedae, lui-même englobé dans le Razès, vaste région au sud de Carcassonne, en plein pays cathare. La région est dominée par une montagne, le pic de... de...

Elie sortit de sa poche un papier chiffonné :

- ...de Bougarach ou Bugarach, c'est ça.

- Bu-ga-rach, répéta Yitzhak en prenant note. Continuez...

- Depuis l'Antiquité, cette région du Razès est connue pour ses extraordinaires richesses géologiques : grottes et cavernes, sources thermales et rivières salées, avens et résurgences. Et puis des mines et encore des mines, aujourd'hui désaffectées mais toujours accessibles çà et là. On dit qu'elles renferment des trésors...

- Ne sont-ce pas là des légendes, très classiques au demeurant ?

- Nous ne le croyons pas, trancha Eliah. Et avant de passer à celle qui nous intéresse le plus ici, voici quelques histoires authentiques. Vas-y, Elie.

L'interpellé exhuma un autre papier et lut avec son drôle de petit accent :

- Primo : Le trésor des Mérovingiens. Devenus des "rois fainéants", selon les livres scolaires français, les Mérovingiens vont être bousculés par les Carolingiens. Pépin de Herstal fait assassiner en 679 le dernier Mérovingien de souche directe, Dagobert II. Selon une tradition persistante, Dagobert II aurait laissé un fils, Sigebert IV, dit le "Rejeton Ardent" ou simplement "l'Ardent". Celui-ci se serait réfugié dans le Razès, emportant avec lui le trésor des rois fainéants.

- Seconde histoire, poursuivit Eliah, celle des Cathares. Au début du XIIIe siècle, le pape et le roi de France organisent la tristement célèbre "croisade des Albigeois" : Trente mille hommes du Nord déferlent sur le Languedoc où s'était établie une religion originaire de l'est de l'Europe, celle des Cathares, dits Albigeois. Les villes et les forteresses cathares tombent les unes après les autres, mais il faudra près de quarante ans pour en finir avec le château de Montségur. Avant la capitulation de cette citadelle, et au prix d'une prouesse d'alpinisme, quatre Cathares auraient emporté le trésor pour aller le cacher dans le Razès.

- J'ai lu quelque part que cette histoire est tout à fait fausse, dit madame De Buur.

La remarque eut l'air de froisser Eliah, qui fit de son ton pointu :

- Madame, on peut dire cela de tout ce que nous racontons ici. Continue, Elie.

Celui-ci retourna son papier dans tous les sens :

- Voici une troisième histoire, très classique elle aussi : le trésor des Templiers. Ces chevaliers, devenus banquiers de l'Occident, virent leur Ordre systématiquement détruit par Philippe le Bel dès 1307. Le roi voulait leur or, mais il fit buisson creux. En effet, dit-on, les Templiers avaient pu sauver leurs richesses et les transporter dans le Razès où ils possédaient la commanderie de Bézu.

- Vous voyez, ajouta Eliah, les trésors possibles abondent autour de Rennes. Avant de parler du "nôtre", voici une dernière histoire. Elle concerne très directement le curé devenu mystérieusement milliardaire. En 1781 meurt, sans descendance, la veuve du dernier titulaire de la baronnie de Rennes. Selon une tradition, cette dame aurait été en possession d'un très grand secret, transmis de génération en génération.

- Quel secret ? demanda Yitzhak.

- La cachette du trésor de Jérusalem, dit-on. La dernière marquise aurait confié cet énorme secret à son chapelain, l'abbé Bigou. Effrayé par la Révolution qui progressait dans le Midi, celui-ci aurait rédigé des textes explicatifs, mais cryptés, et les aurait cachés dans l'église paroissiale. D'autre part, le secret se serait transmis de prêtre à prêtre pour arriver chez un voisin de notre curé, Henri Boudet, curé de Rennes-les-Bains. Lequel aurait résumé ce qu'il savait dans un livre paru en 1886, livre délirant de pseudo-linguistique et de pseudo-archéologie. Quant aux documents de l'abbé Bigou, le curé Saunière les aurait découverts dans son église, puis montrés à l'évêque de Carcassonne et enfin portés à Paris en 1892 pour être étudiés par des érudits et des occultistes du quartier Saint-Sulpice.

- Que sont-ils devenus ?

- On ne le sait pas trop, malgré ce qu'en raconte le livre de Gérard de Sède, celui que je vous ai montré à l'instant, répondit Eliah. C'est à nous de les retrouver...

- Passionnant, très passionnant, dit madame De Buur avec un certain enthousiasme dans la voix. Maintenant, parlez-moi du trésor du Temple, mais je vous en prie, faites comme si je ne savais rien. Feu mon mari, qui était banquier, et moi-même, Juive cependant, avons toujours été plus intéressés par le monde d'aujourd'hui que par l'antiquité.

- Certainement, fit Eliah avec toute l'amabilité dont il était capable.

Néanmoins, il reprit son ton pédant pour pontifier :

- Il n'y a pas un trésor du Temple, mais bien deux : primo, celui du Temple de Salomon, détruit par les armées de Nabuchodonosor au VIe siècle avant Jésus, et secundo celui du Temple d'Hérode, incendié par les Romains de Titus soixante-dix ans après le même Jésus.

- Les richesses contenues dans le premier ont disparu, continua Elie, mais diverses légendes se sont transmises à ce sujet. Selon l'une d'elle, notre prophète Jérémie était le gardien du trésor ; après la chute de Jérusalem, il aurait placé l'arche, l'autel et l'encens dans une grotte.

- Et selon une autre tradition, le trésor fut emporté par les Juifs à Babylone, lorsqu'ils furent emmenés en captivité.

- Et selon d'autres encore, le même trésor avait été prudemment éparpillé dans diverses cachettes en Israël ; le contenu de certaines d'entre elles aurait été retrouvé et incorporé au trésor du Temple d'Hérode.

- Tout cela est très joli, messieurs, coupa Yitzhak, mais passons à la prise de Jérusalem par les Romains. Là, nous ne sommes plus dans les légendes, mais bien dans l'Histoire.

Nous avons le témoignage écrit de Flavius Josèphe…

- Un bien mauvais Juif, coupa Eliah d'un ton sec.

- Mais un excellent historien, rectifia Yitzhak avec un demi-sourire. Résumez-nous l'histoire, Elie.

- En l'an 70 de l'ère chrétienne, Jérusalem est sur le point de tomber aux mains des Romains commandés par Titus, quand un légionnaire jette dans une chambre du temple le brandon qu'il tenait à la main. Il agissait contrairement aux ordres de Titus, a-t-on dit. Bientôt le temple tout entier n'est plus qu'un immense brasier. Mais avant la destruction totale, Titus avait fait évacuer toutes les richesses, en vue de leur transport vers Rome. Où elles sont bien arrivées, ainsi qu'en témoigne l'arc de Titus, non loin du Colisée : on y voit un esclave fléchissant sous le poids de la Menora d'or, suivi par des soldats portant péniblement la Table des Pains de Propitiation.

- Ces objets, continua Eliah, et bien d'autres encore, furent ensuite déposés dans le temple de Jupiter Capitolin, puis dans le palais des Césars.

- Où ils restèrent jusqu'en 410, quand les Visigoths prirent la ville en pleine décadence. Les envahisseurs récupèrent le trésor volé et, plus tard, ayant conquis toute la Gaule méridionale, ils le déposent à Toulouse.

- Mais voici Clovis qui, en 507, écrase les Visigoths à Vouillé, près de Poitiers. Ceux-ci replient leur capitale sur Carcassonne, trésors y compris. Les Goths vont de défaite en défaite, et bientôt il ne leur reste que deux places fortes, Carcassonne, ville frontière, et Rhedae, l'actuelle Rennes-le-Château.

- Nous y voilà ! fit Yitzhak. Puis, se tournant vers Edith De Buur : C'est là, madame, que nous devons chercher. Si nous trouvons, Israël aura récupéré les symboles de sa puissance de jadis et de sa foi de toujours : le Chandelier à Sept Branches et la Table des Pains.

- Mais, fit la dame, avons-nous des chances de découvrir quelque chose ?

- Certainement, madame, s'exclama Eliah. En 725, les Arabes s'emparent de Carcassonne. Ils la pillent consciencieusement, mais jamais leurs chroniqueurs ne diront un mot des deux pièces maîtresses du Temple juif.

- En conséquence, résuma Elie, il y a fort à parier que le trésor de notre Temple,- ou ce qu'il en reste,- a été caché dans la région de Rennes-le-Château.

- Puisque madame veut bien nous aider, conclut Yitzhak, nous enverrons là-bas une petite mission : moi-même, vous deux, messieurs, et un ingénieur des mines. Je vous remettrai les cartes et les documents déjà dressés par deux de nos agents. Vous vous ferez passer pour des prospecteurs. Aucun souci, notre ambassade à Paris vous fournira tous les papiers nécessaires à la couverture de l'expédition.

- Mes vœux vous accompagneront, fit très cordialement Edith De Buur.

Les deux hassidim se levèrent tout rayonnants.

- Un dernier mot, messieurs, fit Yitzhak avec l'un de ces demi-sourires dont il avait le secret. Avant de partir, n'oubliez pas d'abandonner vos trop voyants uniformes...

* * * * *

Millau (Aveyron) - Les Tours de Cabrières

C'est dans l'une des tours du château de Cabrières que Richelieu avait fait déposer le livre du Grand Oeuvre de Nicolas Flamel. À la Belle Époque, la célébrissime diva Emma Calvé, arrière-grand-mère de Cindy, devient propriétaire du château et y cherche en vain le mystérieux ouvrage. Ce dont elle se console dans les bras d'un sulfureux curé de l'Aude, heureux découvreur d'un faramineux trésor.

CHAPITRE V

Où la vérité semble se cacher dans un cabaret arabe de Paris alors qu'elle va lever l'un de ses voiles en Aveyron.

Dédée avait passé une soirée reposante avec les Calvet, ceux-ci tout heureux d'apprendre que leur ami Kurt serait libéré le lendemain matin. Elle proposa de les accompagner à la Santé d'abord, pour accueillir Kurt, puis au Père-Lachaise, pour la cérémonie d'incinération. Elle fut un peu étonnée lorsque Cindy, très chaleureuse, lui déclara :

- Je crois vous avoir dit que nous irons porter l'urne funéraire à Millau, pour la déposer dans le caveau de mon arrière-grand-mère Emma Calvé. Pourquoi ne nous accompagneriez-vous pas ? Avec votre mari, bien sûr.

- C'est très gentil de votre part, mais…

- Je serai franche, ajouta Cindy. Je suis certaine que là-bas, Kurt voudra enquêter, s'informer, visiter le château d'Emma. Alors, j'ai un peu peur…

- Autrement dit, fit Dédée avec humour, vous réclamez la protection de l'agence Matari ?

- We shall pay, crut bon d'ajouter Douglas Calvet. C'était quelque peu indélicat, mais Dédée préféra en rire. Et là-dessus, on se quitta en s'embrassant à qui mieux mieux.

À l'hôtel, elle retrouva un mari plutôt préoccupé, mais nullement avare de nouvelles : la mission de Yitzhak en France, son assassinat, le dîner raté au Fouquet's, dîner interrompu au moment même où Colette semblait plus loquace que le matin.

- Je l'ai accompagnée à l'ambassade où l'attendaient les premières précisions sur le drame : l'attentat avait eu lieu sur le quai de la Tournelle, où la voiture, celle prêtée par l'ambassade, était à l'arrêt non loin d'une péniche-théâtre où se joue un spectacle moyen-oriental. Vers vingt heures, donc avant la représentation, Yitzhak quittait la péniche, mettait le moteur en marche... et sautait avec le véhicule.

- Du travail de professionnel, avait conclu Colette, ajoutant : Nos gens vont enquêter parallèlement à la police française.

- Mais qu'est-ce que cet agent israélien allait donc faire chez les danseuses du ventre ? fit Dédée en bâillant.

- Nous verrons cela demain. En attendant, dormons, ma chérie.

* * *

Le lendemain, Paul obtint sans peine un rendez-vous avec le commissaire Morand. Dans le bureau du Quai des Orfèvres, qu'il commençait à connaître, et sous les regards conjugués du policier, très intéressé, et de Pompidou, plutôt froid, il résuma ce qu'il savait.

- Bien, très bien, fit Morand, je vous remercie. De mon côté j'ai mis en piste mes meilleurs inspecteurs, dont ce Laurent Duvart que vous aviez rencontré. Pour le moment, celui-ci enquête quai de la Tournelle, en attendant l'arrivée du Parquet.

- Il filait déjà l'Israélien ?

- Non, malheureusement.

- Vous aviez supprimé la surveillance ?

- Il n'y a jamais eu de surveillance.

- Mais ma femme avait téléphoné au Quai des Orfèvres, disant que nous avions retrouvé Ludwig et demandant qu'on envoie un inspecteur devant l'ambassade d'Israël ! C'était avant-hier. Ce policier est arrivé assez vite, gyrophare au vent, et j'ai cru identifier ce Duvart, précisément. Mais j'ai dû me tromper puisque lui ne m'a pas reconnu.

- Nous n'avons envoyé personne à cette ambassade. Et vous savez que n'importe qui peut s'offrir un gyrophare. Je vais tirer cela au clair. À qui votre femme a-t-elle eu affaire ?

- Mais... à un inspecteur de service, je pense.

- Je vais m'informer... Permettez...

Interrompu par une sonnerie de téléphone, Morand décrocha le combiné.

- Amenez-le tout de suite, lança-t-il à son invisible correspondant.

- Bonne nouvelle, fit-il en raccrochant. On vient d'arrêter un suspect, un Palestinien. Il nie farouchement, mais nous verrons...

- C'est lui qui aurait piégé la voiture de notre Isaac ou Yitzhak ?

- On le pense... Là-dessus, cher ami, qu'allez-vous faire à présent ? Regagner Bruxelles ?

- Pas du tout, cher ex-collègue ! Ne m'avez-vous pas conseillé de fonder l'agence Matari ? En attendant sa création, elle va fonctionner clandestinement. N'oubliez pas que j'aurais pu y laisser mes os, moi, à Saint-Germain-des-Prés !... Alors, je veux y voir clair.

"Et pour commencer j'irai ce soir à la péniche du quai de la Tournelle.

Comme il se levait, Paul Gilson ajouta :

- Je vous signale aussi que les dames Calvet, le jeune Kurt, ma femme et moi partons demain pour l'Aveyron. Ces dames veulent en savoir davantage sur leur ancêtre, la célébrissime diva mêlée aux énigmes des trésors de l'Aude.

- Parfait, cher ami. Je vous souhaite bien du plaisir.

Et Paul quitta le bureau après une vigoureuse poignée de mains.

- Ce n'est pas juste, pensait-il en repassant la fameuse porte du n° 36. Moi, je lui ai dit tout ce que je savais et lui ne m'a rien révélé de bien important.

Tout en hélant un taxi, il continuait à ruminer, presque à voix haute :

- Et qui donc a été envoyé à l'ambassade après le coup de téléphone de Dédée? Bizarre...

- Vous avez dit "bizarre" ? fit le chauffeur du taxi qui venait de s'arrêter.

- Quoi? J'ai dit "bizarre"? Non, je veux dire Rabelais, rue Rabelais.

Devant l'ambassade, Paul trouva un policier de faction, en uniforme, et à l'intérieur une Colette plutôt maussade. Paul parla du peu qu'il avait appris à la P.J., ajoutant :

- Il est évident que notre Isaac a été suivi, mais par qui et pourquoi?

- Et il est presque évident que le Palestinien n'est pour rien dans le drame.

- Ah, que sait-on de plus?

- Hier soir, je vous avais dit : Du travail de professionnel. Eh bien, il n'en est rien. Dans ce genre d'attentat, un vrai terroriste dispose son engin sous le capot, ou sous le tableau de bord, le connecte au démarreur puis s'empresse de disparaître. Mais ici, la bombe était tout simplement placée sous le siège arrière et commandée à distance. Du travail d'amateur. Et c'est ainsi que ledit Palestinien, un semi-clochard qui sommeillait sur un banc non loin de la voiture, a été immédiatement appréhendé par un policier qui passait par là. Son tort était sans doute d'avoir une tête d'Arabe... Mais la police française ne veut pas abandonner cette piste.

- Alors, selon vous, qui serait l'auteur?

- Quelqu'un au courant de la mission confiée à Yitzhak.

- Ce qui nous ramène à l'hypothétique trésor, celui qui a déjà coûté la vie à James Calvet, le jeune Américain. Mais dites-moi, chère Colette, qu'est-ce que votre agent du Mossad allait faire quai de la Tournelle dans un centre de chorégraphie moyen-orientale ?

- Selon le peu qu'il m'a dit, Yitzhak aurait été sur une piste partant de la péniche. Nos agents vont enquêter, mais peut-être auriez-vous plus de succès. Rendez-nous service, voulez-vous. Allez à la péniche.

- C'était exactement mon intention.

- Merci, cher Paul. Mille mercis. Et mon bon souvenir à votre chère épouse.

Le cher Paul et sa chère épouse se retrouvèrent comme convenu à la Villa-Saint-Germain.

Dédée était assise entre Delphine et Cindy Calvet, lesquelles avaient pleuré, c'était visible. Debout, à côté d'elles, Papa Calvet bavardait avec un jeune homme élégant, tout rayonnant, Kurt von Falkenberg, le prisonnier libéré.

- Ne restons pas ici, fit Paul après les inévitables poignées de mains.

- Montons dans notre chambre, lança Cindy, nous y serons plus tranquilles pour bavarder. Il ne nous reste que peu de temps car papa nous quitte ce soir. Business, business !

La très confortable chambre quatre étoiles semblait dominée par une urne entourée de fleurs et trônant sur une commode.

- James, notre James, dirent en chœur les deux femmes. Nous parlerons devant lui.

Paul et Dédée trouvèrent cela un peu sinistre, mais ils s'assirent sur le lit sans un mot.

On échangea tout ce qu'on savait, puis on dressa des plans pour le lendemain :

- Nous louerons une voiture, avança Delphine.

- Pas du tout, trancha l'ex-commissaire. Je vous emmène tous les trois dans ma Citroën ; Millau est à quelque 650 kilomètres. Partant de bon matin nous serons là pour le dîner. Je vais réserver les chambres par téléphone. Euh, combien de chambres ?

- Mais trois, n'est-ce pas. Une pour Kurt, une pour ma fille et moi. Et une troisième pour vous deux.

- Parfait, parfait.

Mais à la façon dont Kurt regardait Cindy, Paul comprit que le jeune homme aurait souhaité une tout autre répartition des chambres...

* * *

- Soyez les bienvenus. Et asseyez-vous, je vous prie.

Dans la péniche, les Gilson avaient été accueillis par une très jolie jeune femme au teint mat et à la voix chaleureuse. Jolie ?... Belle plutôt, d'une beauté que soulignait une ample toilette orientale en soie bleue et or.

- Mon nom est Leïla, avait-elle ajouté.

- Et vous êtes la propriétaire de ce charmant petit théâtre.

Faiblement éclairée par des lampes voilées, la salle était meublée avec goût, à l'orientale comme il se doit : tentures tunisiennes, tabourets rembourrés, lourdes tables hexagonales avec incrustations. Une arcade en accolade (plus ou moins orientale) séparait une petite estrade où trois musiciens en tarbouche essayaient en sourdine leurs darboukas et autres instruments (aussi orientaux que possible).

- Vous arrivez un peu tôt, fit Leïla. La salle est encore vide, ou presque.

Paul attaqua :

- Je suppose que le drame d'hier doit cependant vous faire une certaine publicité.

- Oh non ! Ne m'en parlez pas, ce fut terrible. D'autant plus que nous connaissions un peu la victime, un aimable Syrien.

- N'était-ce pas plutôt un Israélien ?

La jeune femme parut surprise.

- Ah ?... Je ne sais pas. Il se disait archéologue. Qui donc a pu vouloir tuer un monsieur si charmant et si compétent ? Cette affaire nous a valu de désagréables visites de la police.

Leïla se tut un moment, puis avança, avec un peu d'hésitation :

- Mais, dites-moi, vous êtes belge ? Je crois reconnaître un certain accent...

Dédée sourit :

- Tandis que vous, vous n'avez aucun accent moyen-oriental.

- Évidemment, puisque je suis née à Liège...

Paul et Dédée éclatèrent d'un même éclat de rire :

- Bravo, bravo. Nous sommes compatriotes, si j'ose dire !

- Pas tout à fait. Je suis libanaise à cent pour cent. Mais j'ai fait mes études d'éducation physique à l'université de Liège. Puis je me suis spécialisée en chorégraphie.

- Et vous vous intéressez à l'archéologie ?

- Pas précisément... Mais ce malheureux Syrien disait se livrer à des recherches sur des trésors enfouis dans le Midi. Et il avait appris, Dieu sait comment, qu'un de mes amis, à Liège, était un spécialiste de la question... Il voulait le rencontrer... Permettez, voici du public.

Leïla s'affaira auprès des arrivants, puis entraîna les Gilson dans un petit bureau, à l'arrière de la péniche.

- Je dois nous présenter, fit Paul. Voici Andrée, ma femme, directrice de l'agence Matari. Et moi, Paul Gilson, commissaire à la Judiciaire belge, pensionné.

Leïla ne parut ni étonnée, ni choquée :

- Police, police, et encore police. C'est le jour ! Vous enquêtez à titre privé ?

- Si vous voulez. Quel est ce spécialiste liégeois ?

- Il n'est pas liégeois. C'est un Français de vieille souche, le marquis Philippe de Cherisey. C'est un poète, assez farceur, et,- tenez-vous bien,- bon comédien, ancien élève du cours Simon. Il y a quelques jours, je l'ai vu à Liège où vit toujours ma famille. Il doit jouer dans un spectacle qu'on va monter au Théâtre d'Été à Spa.

- Ville d'eau que nous connaissons, ma femme et moi. Et que dit votre marquis à propos de ces trésors cachés dans le Midi ?

- Qu'il détient le secret de toute l'histoire et qu'il est à même de le démontrer.

- Quelle histoire ?

- Je ne sais pas. Mais allez le voir... Malheureusement, je n'ai pas son adresse... Permettez, je me dois à nos spectateurs...

Les Gilson allèrent s'asseoir et décidèrent de rester jusqu'à la fin du spectacle.

- Bon, fit Paul à l'oreille de sa femme. Au retour, nous irons à Liège interviewer ce très curieux marquis. Demain, je téléphone à Longueville, mon ex-adjoint. Aujourd'hui il est, comme tu sais, commissaire divisionnaire à Liège.

Après un temps, et forçant la voix à cause de l'orchestre brusquement déchaîné :

- Et j'appellerai aussi l'ambassade : "Oui, chère Colette, dirai-je, le malheureux Isaac était bel et bien sur une piste. Piste négative peut-être, mais que nous essayerons cependant de renouer en Belgique. Oui, en Belgique. Bizarre, n'est-ce pas ?"

- Chut, fit Dédée, un doigt sur les lèvres. Écoute et regarde.

Mais Paul regardait, regardait de tous ses yeux, et il était bien inutile de le lui conseiller. Car sur l'estrade une voluptueuse élève de Leïla se déhanchait, ventre nu, au rythme obsédant des cordes et des darboukas...

* * *

Le lendemain, vers six heures du soir, Paul, sa Citroën et leurs quatre passagers arrivaient à Millau, à l'Hôtel Moderne, rue Jaurès. Et chacun s'endormit en se demandant, selon l'adage : "De quoi demain sera-t-il fait ?"

* * *

Eh bien, ce demain-là allait être un beau dimanche inondé de soleil...

- D'abord le cimetière, avait décidé Cindy.

Ce n'était pas bien loin, et remontant la rue Jaurès ils y arrivèrent rapidement. La tombe d'Emma Calvé était surmontée d'un monument d'environ un mètre cinquante de hauteur, avec un fronton grec porté par deux colonnes. Entre celles-ci, un portrait mélancolique de la diva, avec la date de son décès : janvier 1942.

- James, c'était notre arrière-grand-mère, murmura Cindy en déposant l'urne funéraire sur la tombe et en l'entourant de fleurs. Good bye, dear James...

Devant la porte du cimetière, ils se concertèrent du regard et Cindy prit à nouveau la direction des opérations :

- Et maintenant, au château de Cabrières !

- Route nationale 9, fit Kurt qui avait étudié le problème. Direction Séverac-le-Château, ajouta-t-il en dépliant une carte Michelin. On doit apercevoir le château de loin.

Effectivement, après une douzaine de kilomètres, le château apparut brusquement à un tournant. Haut, bien haut, tout seul, isolé sur sa crête. Magnifique certes, mais inquiétant peut-être, avec ses tours massives, ses créneaux, ses mâchicoulis, ses murailles épaisses.

- Walt Disney ! firent ensemble les deux Américaines. Snow White !

- Non, corrigea Kurt. Plutôt Ludwig. Oui, Louis II de Wittelsbach, le roi que l'on a déclaré fou parce qu'il avait édifié de fantastiques châteaux en Bavière.

- Une demeure de rêve, fit pensivement Dédée.

- Oui, Emma voulait rêver, ajouta Delphine.

Ils attaquèrent la petite route montante, étroite, sinueuse, ce qui les amena devant de fortes grilles cadenassées derrière lesquelles on devinait l'énorme bâtisse enfouie dans son parc ombragé.

- Il doit y avoir quelqu'un, dit Paul en arrêtant la voiture devant une maisonnette accolée à la clôture. Un gardien, sans doute.

Ce gardien était du genre féminin : une personne d'âge mûr, avenante. Paul ouvrit le feu :

- Madame, je vous présente mademoiselle Cindy Calvet. Elle est Américaine, mais son nom vous dit quelque chose, je suppose ?

- Calvet... Calvet... ?...

- Miss Calvet est la descendante de la grande diva Emma Calvé. Calvé-é-é, celle qui...

- Oh mon Dieu, je vois, je vois. Entrez donc.

- Cet accent, cet accent, se disait Dédée. Vous êtes belge, madame ? demanda-t-elle.

- Oui, madame.

- Moi aussi, fit Paul. Mon nom est Gilson et vous êtes madame... ?

- Madame Delbouille. Que puis-je pour vous ?

- Voici : cette demoiselle Calvet, sa mère et son fiancé...

- Chut, fit Dédée en donnant un coup de coude à Delphine, qui allait protester.

-... Cette jeune fille, donc, voudrait jeter un coup d'œil à l'intérieur... Vous comprenez, depuis son enfance, on lui parle de sa grande ancêtre, celle qui rénova entièrement cette vieille demeure et y habita pendant quarante ans avant de la revendre.

Madame Delbouille parut un peu ennuyée.

- C'est que les propriétaires sont absents. Toute la famille est en vacances en Bretagne.

- Madame, voyons... fit Paul d'un air malheureux... entre compatriotes...

- Bon... allons-y... Vous ne serez pas les premiers visiteurs à être reçus ici... Mais en l'absence de Monsieur et de madame, moi, vous comprenez... Enfin, suivez-moi...

Comme ils traversaient le parc, la bonne dame crut utile de formuler une sorte d'excuse :

- Cabrières n'est plus ce qu'il était au temps d'Emma Calvé. Son entretien pourrait ruiner le propriétaire actuel, comme il a ruiné Madame Calvé. Mais entrez. Voici, à droite, la salle des gardes, puis la salle à manger au mobilier Louis XIII, puis la salle Henri IV, avec son grand lit de milieu.

- C'était la chambre à coucher d'Emma?

- Non, cette chambre est au premier étage. Suivez-moi...

Paul et ses compagnons eurent l'impression de participer à une visite guidée : "Et voici le petit salon, style empire... Et la chambre Jasmin, Louis XV... Et la chambre Colibri, moderne. Et la galerie du grand salon, avec sa bibliothèque... Si maintenant nous montons au second étage..."

- Oui, madame, fit Dédée... Mais peut-être faudrait-il souffler quelque peu.

- Précisément, madame, avança Paul. Je voudrais vous

demander un renseignement.

- Mais oui, monsieur, asseyons-nous.

Et Paul de résumer sa mésaventure à Saint-Germain-des-Prés.

- Étiez-vous au courant de l'existence d'un livre caché ici et attribué à un alchimiste de jadis, Nicolas Flamel ?

- Mais oui, fit Madame Delbouille. Souvent des amis, des visiteurs en parlaient à Monsieur. Un jour, tout récemment, Monsieur en a eu assez et a donné le vieux bouquin à un bar tabac... Un livre sans intérêt, avait dit un jour un grand savant.

Paul sortit de sa poche la photocopie de la page-titre du livre d'Abraham le Juif.

- Voyez, dit-il. À Paris, ce livre, que vous dites sans intérêt, m'a été arraché des mains, et voilà tout ce qu'il m'en reste.

- Mais, ajouta Dédée, quelqu'un y avait écrit quelque chose en sténo. Il semble y être question de trésor...

- Et nous savons qu'Emma Calvé avait été mêlée à une histoire de trésor caché dans le Midi... Chose curieuse, cette sténo n'est pas française, mais belge.

Madame Delbouille prit le papier, l'examina et se prit à rire :

- Évidemment que c'est de la sténo belge. C'est moi qui avais écrit ce texte ! Qu'est-ce qui vous étonne, ajouta-t-elle en voyant l'air perplexe pris par ses auditeurs.

- Voulez-vous traduire ? fit Dédée. Moi, j'ai essayé... Le texte est presque effacé.

- Par ma faute. J'y avais renversé du café. Mais attendez, j'ai l'original ici.

Elle fouilla dans les étagères puis dans un tiroir et en sortit un livre qui paraissait neuf.

- Ceci appartenait à ma sœur venue me rendre visite.

J'avais copié en vitesse ce qui m'intéressait, sur le premier papier venu. Puis ma sœur est repartie en oubliant son bien.

- Votre sœur habite Herve ? fit Dédée.

- Mais pas du tout ! Pourquoi ?

- J'ai cru lire "Herve" dans votre texte.

À nouveau, Madame Delbouille éclata de rire :

- Mais non, mais non ! Voyez le livre :

Et à son grand étonnement, Paul lut, sur la couverture de l'ouvrage :

Mystères et trésors de la cuisine wallonne.

- Ça alors ! Un livre de cuisine !

- Et voici la recette que j'avais recopiée. Là, sur cette page :

Dédée se mit à lire à haute voix, jetant de temps à autre un coup d'œil vers Paul, qui souriait gauchement, et vers les autres, qui n'y comprenaient rien du tout.

Fondus à l'ardennaise

Ingrédients pour 5 personnes : 200 g de fromage de Herve, 2 dl de lait, 300 g de farine, 4 œufs ; sel, poivre, chapelure.

Préparation : Faire bouillir le lait et y faire fondre le fromage de Herve. Faire bouillir 500 g d'eau salée et y ajouter la farine en pluie. La travailler au fouet...

- Non, j'arrête, c'est trop bête ! Nous avions été intrigués par les quelques chiffres et les quelques mots que j'avais pu déchiffrer : trésor, Herve, pluie, fouet, feu, plaque...

Paul restait pensif :

- Et voilà, fit-il après un moment, voilà pourquoi un homme, deux hommes même, ont été tués. Et tout un petit monde a pris une recette de cuisine pour la clé d'un trésor. Oui, c'est bête, bête, bête...

- C'est donc cette recette qui a tué notre fils James, fit tristement Delphine.

- Et qui m'a envoyé en prison, compléta Kurt.

- Tout cela pour rien, ajouta Paul en se levant.

La bonne madame Delbouille voulut intervenir avec une charité toute chrétienne :

- Attendez, attendez, messieurs, dames. Ne vous tracassez pas. On m'a dit un jour qu'il y avait ici un autre ouvrage mystérieux. "J'examinerai ça plus tard", avait dit Monsieur. Il n'en a jamais rien fait... Attendez, je vais chercher.

Fouillant à nouveau parmi les livres, elle dégagea un gros ouvrage à la couverture rutilante, richement illustrée, selon la mode en vogue au début du siècle. En grand, *Jules Verne*, et en dessous, en plus grand encore, *Clovis Dardentor*.

- Montrez ! fit vivement Cindy en prenant le livre des mains de madame Delbouille.

Le geste maladroit fit tomber un papier calque que Paul s'empressa de ramasser.

- Tiens, du latin... C'est aussi une clé du trésor ? fit-il avec une demi-ironie.

- Peut-être, peut-être, fit Kurt. En m'informant sur tout ce qui a trait à mon arrière-grand-père, j'ai su que le curé aux trésors avait découvert de mystérieux documents et les avait calqués. Peut-être l'une de ces copies a-t-elle été donnée à Emma Calvé. Pourquoi pas ?

Paul plia soigneusement le calque dans son portefeuille :

- Il va y remplacer la recette de cuisine de Nicolas Flamel...

Puis, se tournant vers leur guide :

- Madame, il ne nous reste qu'à vous remercier...

- Attendez, attendez, je dois encore vous montrer le paysage. De là-haut, c'est superbe !

Et emportez le livre comme souvenir, personne ici ne s'en apercevra !

Paul parut hésiter, regarda ses compagnons, puis :

- Mille mercis, madame. Mais je ne crois pas que nous apprendrions grand-chose dans un bouquin de Jules Verne.

Madame Delbouille reprit le livre des mains de Cindy et le jeta sur une étagère. Sur ce, le petit groupe se remit en marche, attaqua le grand escalier et déboucha sur une large terrasse.

- Attention, fit précipitamment leur guide. La balustrade est en mauvais état. Faites attention… Mais voyez, au loin… Séverac… Les Causses… C'est beau, n'est-ce pas ?

Ils s'approchèrent avec précaution et Cindy se tourna vers Kurt :

- Emma… Mon arrière-grand-mère… C'est ici qu'elle venait rêver… Entre deux triomphes au Metropolitan… ou à Boston… Quelle vie merveilleuse, n'est-ce pas, cher…

Elle avait bien failli dire “chéri” !

* * * * *

FLASH-BACK N° 5

Amiens, 1897

- Honorine, voyons !... Combien de fois dois-je répéter de ne pas me déranger quand je travaille !

Enfermé dans son petit bureau, Jules Verne achevait de rédiger son quatre-vingtième roman, *Le Sphinx des Glaces*. Il aimait ce cabinet de travail, perché dans la tour attenant à sa maison de la rue Charles-Dubois, à Amiens.

Sans quitter son siège, il s'était tourné vers Honorine, son épouse, ce qui lui avait arraché une grimace de douleur : sa vieille blessure à la jambe, due à ce fou de neveu qui lui avait tiré dessus, il y a quelque dix ans.

- Mais Jules, le visiteur qui attend me paraît très intéressant : un homme encore jeune, un auteur connu. Il est venu de Paris expressément pour vous voir.

- Son nom ?

- Barrès, Maurice Barrès.

- Je vois, je vois... Bon, qu'il entre...

Les deux écrivains se connaissaient de nom, mais ils ne s'étaient jamais rencontrés.

Et chacun savait ou croyait savoir que l'autre appartenait à l'une de ces sociétés secrètes très à la mode à l'époque, la Franc-Maçonnerie, la Société Angélique, la Rose-Croix, ou même la Golden Dawn dont le membre le plus fameux allait être Bram Stoker, le créateur de *Dracula.*

L'entretien fut des plus cordiaux et au début, tout au moins, il ne fut guère question d'ésotérisme, encore qu'un moment, Barrès crut bon d'évoquer George Sand, morte vingt ans plus tôt.

- Je lui dois beaucoup, fit Verne. Et je l'admirais beaucoup.

- Au point que son roman initiatique, *Laura ou le voyage dans le cristal,* vous avait fortement inspiré pour votre *Voyage au centre de la terre.*

- Si vous voulez...

- Dans son journal, George Sand s'en était plainte amèrement. Ce que Mozart n'a pu faire, le pauvre, et pour cause !

- Mozart ?

- Mais oui, n'avez-vous pas suivi pas à pas la trame de sa *Flûte Enchantée* pour écrire votre curieux roman *Les Indes Noires* ?

Verne eut ce demi-sourire qu'allait populariser la célèbre photographie de Nadar.

- Si vous m'accusez de plagiat, je vous répondrai, comme Molière : "Je prends mon bien partout où je le trouve".

Maurice Barrès sourit, lui aussi.

- Excusez-moi, mais n'est-ce pas l'esprit maçonnique de la *Flûte* qui vous a guidé ?

- Pour le ridiculiser dans mes *Indes* ? Je ne suis pas maçon, car aucun maçon ne rit de la maçonnerie.

Jules Verne, on le savait, adorait les calembours, les jeux de mots, les à-peu-près. N'avait-il pas un jour lancé, dans une querelle avec Jules Hetzel, son éditeur :

- Je ne suis pas votre bête de somme !

C'est-à-dire de la Somme, chef-lieu Amiens !

Barrès sourit à nouveau, par politesse cette fois, puis aborda le sujet qui lui tenait à cœur :

- Excusez-moi si j'insiste. Mais l'une de vos toutes dernières œuvres, *Clovis Dardentor*, m'a curieusement rappelé une pièce fort drôle, parue il y a quelques années, *Le voyage de Monsieur Perrichon,* d'Eugène Labiche.

- Tiens ? Je l'avais vue, mais je ne me la rappelle pas très bien.

- Voyons... Un riche bourgeois, Perrichon, fait un voyage dans les Alpes avec sa femme et sa fille Henriette, laquelle est courtisée par deux jeunes gens. Au cours d'une excursion, Perrichon fait une chute et est sauvé par l'un des deux amoureux. L'autre, plus rusé, feint un accident de façon à être secouru par Perrichon. À qui donc celui-ci gardera-t-il une gratitude si éperdue qu'il lui promettra la main de sa fille ?

- Mais au second, voyons ! Car, conclusion connue : nous éprouvons plus de reconnaissance à l'égard de ceux que nous avons aidés que vis-à-vis de ceux qui nous ont aidés. Bon. Et alors ?

- Alors ? Votre livre met en scène un célibataire enrichi, Clovis Dardentor, et deux jeunes gens. Lesquels, chez vous, essaient simplement de se faire adopter par le bourgeois. Pour y arriver, ils s'y prennent exactement comme les deux prétendants à la main de mademoiselle Perrichon. Votre bourgeois, lui, n'a pas de fille, mais il sera sauvé par une jeune fille qu'il adoptera. Et celle-ci épousera le "bon" jeune homme.

- Parfait, monsieur Barrès. Vous avez bien résumé mon modeste roman, qui n'est d'ailleurs qu'un vaudeville, ainsi que je l'ai écrit quelque part. Et aussi un simple prétexte pour faire évoluer les lecteurs en Méditerranée, dans l'île de Majorque et en Oranie. Prétendriez-vous que je les ai promenés en bateau ?

- Mais pas du tout ! Un ami, Stanislas de Guaïta...

- Ah oui, le Mage Noir, fondateur de l'Ordre Kabbalistique de la Rose-Croix ? En association avec le Sâr Péladan et le docteur Papus, si je ne me trompe ?

- Parfaitement. Stanislas, un ami, disais-je,- ou plutôt un noble compagnon, éblouissant de loyauté et de dons imaginatifs,- un grand ami, Stanislas, s'est penché avec moi sur votre livre. Et nous sommes allés de surprise en surprise. D'abord, comment avez-vous appelé le capitaine du bateau qui emmène Clovis et ses compagnons ?

- Mais Bugarach, le capitaine Bugarach.

- C'est-à-dire le nom d'un village de l'Aude, non loin d'un point culminant, le Pech (ou le Pic) de Bugarach qui domine toute la région jusque Rennes-le-Château et au-delà.

- Un capitaine ne domine-t-il pas, lui aussi ? N'est-il pas le maître après Dieu ?

- Oui certes. Mais passons à votre personnage principal, Clovis Dardentor.

"Clovis ! Le grand roi mérovingien. Le dernier de ses descendants fut appelé « l'Ardent ». Poursuivi par la haine des (futurs) Carolingiens, l'Ardent s'était réfugié dans l'Aude.

"Dardentor ! Stanislas et moi traduisons : « Or d'Ardent ». C'est-à-dire le trésor des Mérovingiens, emporté par l'Ardent. Et ainsi pensons-nous que votre livre parle du trésor des Mérovingiens.

Jules Verne répondit par une de ces pirouettes verbales dont il avait le secret :

- Et pourquoi pas du Trésor de la Mère aux Vingt Chiens ?

Une fois de plus, Barrès sourit pour dissimuler son agacement.

- Très drôle, cher Maître. Mais la jeune fille qui se fera adopter par Clovis s'appelle Elissane. Stanislas et moi lisons, par anagramme, "E-salines", c'est-à-dire à l'est du lieu-dit "Les Salines", à l'ombre du Pic Bugarach. Qui aura la main de la demoiselle Elissane et en même temps l'or du bourgeois ? C'est Marcel Lornans, soit "Mare-sel-l'or-dans". Oui, je sais, pour compliquer un peu les choses, vous avez écrit "Lornans" au lieu de "Lordans"…

- C'est vous qui le dites…

- Moi, je traduis et résume : "L'or gît dans la mare salée, à l'est des Salines".

- Je vois que vous avez étudié la topographie du lieu !

- Oui, avec l'aide de Stanislas et d'un ami géographe.
- En ce cas, vous en savez plus que moi...
- Cher Maître, ne soyez pas modeste. Certes, la description du voyage de vos héros en Oranie fourmille d'erreurs, plutôt énormes, dans les données numériques, mais je suis persuadé que tout cela a été voulu par vous.
- Et pourquoi donc ?
- Pour fournir, en langage codé, de précieuses données devant conduire au trésor. Le but du voyage de vos héros n'est-il pas Oran, c'est-à-dire "en or" ?

Jules Verne regarda son interlocuteur, puis fit, en pesant ses mots :
- Croyez-vous vraiment ce que vous avancez là ?
- Je crois que vous avez été mis au courant d'un secret par des amis... euh des amis...
- ...des amis maçonniques, allez-y !
- Non, des amis occultistes, ceux des cercles de Saint-Sulpice, ceux qui ont guidé le curé de Rennes-le-Château dans ses recherches, ceux qui l'ont aidé à s'enrichir, ceux qui lui ont jeté dans les bras la diva Emma Calvé, ceux qui...
- C'est Stanislas de Guaïta qui vous a raconté tout cela ?

Maurice Barrès ne répondit pas.
- Alors, conclut Jules Verne, il fabule, de Guaïta... de gaieté de cœur, mais oui !

* * * * *

Rennes-le-Château (Aude) - La Tour Magdala

Ici, sous cette mystérieuse tour, se cacherait le secret du trésor qui avait prodigieusement enrichi un obscur curé de campagne, amant de la célèbre diva Emma Calvé et complice du noble archiduc Jean-Salvator de Habsbourg. Cindy, descendante d'Emma, et Kurt, arrière-petit-fils de Jean-Salvator, ont projeté de se marier au pied de l'énigmatique tour Magdala.

CHAPITRE VI

Où l'église du sulfureux curé au trésor verra se résoudre une première énigme.

Les gorges du Tarn… Le chaos de Montpellier-le-Vieux… L'Aven Armand… Les gorges de la Junte… La corniche des Cévennes…

Les Gilson et leurs nouveaux amis s'étaient juré de s'offrir deux jours de tourisme. Et ainsi d'échapper à l'obsession de toutes ces histoires de trésors qui avaient dominé leur passé récent. Mais une fois de plus, Cindy avait joué au chef de groupe :

- Je suggère que nous allions quand même chez les Cathares et dans le village du curé aux millions, sur les traces de mon ancêtre la diva.

- Et sur celles de mon ancêtre l'archiduc, avait ajouté Kurt.

- Nous pourrions partir mercredi matin, avait suggéré Cindy.

- Carcassonne n'est pas bien loin, avait complété Kurt, son éternelle carte Michelin dans une main, et la main de Cindy dans l'autre…

Car les deux tourtereaux ne se quittaient plus guère. Et je te bécote par ci, et je te prends la taille par là, et je te regarde tandis que tu me regardes. Et re-bécot… Et re-bécot…

- À Carcassonne, avait glissé Dédée à l'oreille de son mari, je crois bien que maman Delphine dormira seule…

Puis, à haute voix :

- Millau est la capitale du gant, n'est-ce pas, chéri ?

On visita donc une ganterie, puis deux, puis trois. Chacun s'extasia devant la finesse de la peau d'agneau et devant le travail de l'artisan. Si bien que le commerce de Millau s'enrichit de la vente de six paires de gants. Six, et non cinq, Delphine s'étant décidée pour une paire claire complétée par une paire foncée.

Comme il s'apprêtait à traverser la rue, Paul faillit être renversé par une Peugeot.

- Tiens, fit-il, où ai-je déjà vu cette voiture ?

À l'hôtel, une surprise l'attendait : déployant un numéro du *Midi Libre* qui traînait dans le hall, il dit brusquement :

- Dédée, regarde, regarde. Ce titre : *Accident mortel au château de Cabrières.*

Ensemble, ils lurent :

Monsieur Erard Lebon, entrepreneur à Millau, a fait une terrible découverte en allant au château de Cabrières lundi en fin d'après-midi :

Étonné de trouver toutes les portes ouvertes, il entra et chercha en vain la gardienne, madame Delbouille. Faisant le tour de l'énorme bâtisse, il découvrit au pied de la haute terrasse le corps sans vie de cette personne, bien connue à Millau.

"Et pourtant je l'avais avertie, nous déclare monsieur Lebon, très affecté. La balustrade de cette terrasse était en très mauvais état et par conséquent très dangereuse. Comment la bonne dame n'a-t-elle pas fait attention, je me le demande."

Selon la gendarmerie, qui a procédé aux premières constatations, il ne s'agirait que d'un accident. Cependant, un fermier voisin du château déclare avoir vu, à l'heure du drame, un homme sortir d'une voiture arrêtée devant la grille et entrer dans le parc avec madame Delbouille. Et peu après, ce fermier aurait entendu un cri de femme.

- Je voudrais bien faire chorus avec la gendarmerie, remarqua Paul en refermant le journal. Ce serait si simple... Mais...

- Mais quoi ?

- Rien... Ah, voilà nos amis.

Au dîner, tout le monde commenta le drame survenu au château d'Emma Calvé. Delphine Calvet, restée jusqu'alors silencieuse, lança brusquement :

- Je propose que l'agence Matari continue l'enquête.

- Les articles de presse ne nous suffiront-ils pas ? répondit Cindy. Moi, je reviens à mon idée : allons chez les Cathares. Kurt vient d'acheter un livre qui pourra nous intéresser au plus haut point.

- Oui, fit Kurt. C'est un ouvrage assez récent : *L'or de Rennes ou la vie insolite de Bérenger Saunière,* par Gérard de Sède. Je le lirai cette nuit...

Paul et Dédée eurent ici un sourire plein de sous-entendus, tandis que Cindy échangeait un long regard avec Kurt. Puis, se ressaisissant, elle lança gaiement :

- Et demain, en avant pour Carcassonne !

Les Gilson opinèrent du bonnet...

Et le soir, dans leur chambre, Dédée soupira :

- Ah oui, de nos jours, ce sont les jeunes qui commandent. De mon temps...

- Non, chérie. De nos jours, une femme de ton âge n'a pas le droit de dire "de mon temps".

* * *

Millau-Carcassonne, un voyage sans histoires, via Albi et Castres. Mais à Carcassonne, problème : on n'avait rien réservé et tout était complet. "C'est la haute saison, n'est-ce pas ? Mais voyez rue Machin." Ayant erré de la rue Machin à la rue

Chose, nos cinq voyageurs s'apprêtaient à dormir à la belle étoile ou dans quelque casemate moyenâgeuse quand, à un tournant, Paul Gilson se heurta à un ange blond, abondamment blond :

- Catherine ! Quelle bonne surprise ! Vous vous rappelez ? Le Grand Palais ? Les Nabis ? Saint-Sulpice ?

- Attendez… Ah oui, je vois… Vous êtes belge, n'est-ce pas ?

Cette éternelle question avait quelquefois le don d'irriter Paul, même si elle était posée le plus gentiment du monde, comme c'était souvent le cas. Il fit de l'esprit :

- Je suis belge il est vrai, mais aux âmes bien nées
La valeur n'a besoin de grande renommée.

La blonde Catherine partit d'un franc éclat de rire :

- Corneille, *Le Cid*… Oui, à peu près… Bravo monsieur… Monsieur ?…

- Paul Gilson. Voici mon épouse Dédée, et voici Kurt, un étudiant autrichien. Et des amis américains, Delphine et Cindy Calvet…

- Calvé ? Vous êtes de la famille de la grande diva de la Belle Époque ?

- C'était mon arrière-grand-mère, fit Cindy en se rengorgeant un peu. Mais comment connaissez-vous le nom d'Emma Calvé, bien oublié aujourd'hui ?

- Parce que je suis un peu spécialiste de l'affaire de Rennes-le-Château et de son étrange curé. Ici, je conduis un groupe vers ce mystérieux village. Hier et aujourd'hui, nous avons "fait" les châteaux cathares : Montségur, Puylaurens, Peyrepertuse, etc. Hier, l'archéologie, et demain, le mystère.

- Justement, dit Dédée, nous voulions monter jusqu'à ce village, demain.

- Mais joignez-vous à nous, proposa Catherine avec chaleur. Mon groupe sera enchanté de côtoyer une descendante de la grande Calvé.

- Et en même temps, ajouta très vivement Cindy, un descendant de cet archiduc de Habsbourg qui fut mêlé à la même histoire, celle du curé et de son trésor. Cathy, je vous présente Kurt von Falkenberg, arrière-petit-fils de ce Jean-Salvator dont vous parlerez, je n'en doute pas.

Et là-dessus, les deux jeunes gens s'embrassèrent gentiment, sans façon.

- Mais où est votre groupe ? demanda Paul à Catherine.

- Quelque part entre les remparts et les tours, les lices et les poternes, les redans et les mâchicoulis... Rendez-vous pour le dîner. Et vous-mêmes, où logez-vous ?

- Nulle part, hélas.

- Venez à notre hôtel, il y a encore de la place. C'est à l'entrée de la Cité, près de la porte Narbonnaise. Vous y ferez la connaissance de mon groupe.

Chemin faisant, Catherine crut bon de glisser à Paul :

- Ce sont des gens très bien, quoique parfois bizarres. Je les croyais tous membres de la *Société Théosophique*, un cercle dont je m'occupe un peu, je dois vous l'avoir dit à Paris. Toutefois, s'y sont mêlés, je ne sais comment, quelques membres d'une association rivale, la *Société Anthroposophique*. Jusqu'ici, tout s'est bien passé, mais...

Dès son arrivée à l'hôtel, Paul consulta le *Midi Libre*. On n'y parlait plus guère du drame de Cabrières, sinon dans un petit article en troisième page, article dont un passage attira cependant l'attention de l'ex-commissaire :

"Les enquêteurs ne relevèrent aucun indice probant. Ils s'étonnèrent toutefois du désordre qui régnait dans la bibliothèque. On aurait dit que quelqu'un l'avait fouillée, y cherchant quelque chose. Un document peut-être ?..."

* * *

Les Gilson et leurs trois amis avaient décidé de partir nettement avant l'autocar du groupe de Catherine. Kurt jouait au pilote, sa Michelin à la main, et ainsi, sans problème, on avait roulé vers le sud en longeant parfois l'Aude. Et comme on dépassait Limoux :

- Limoux et sa blanquette ! avait lancé Dédée.

Évidemment, Delphine et Cindy s'étaient immédiatement informées.

- C'est un vin blanc mousseux, avait expliqué Paul.

- Non, chéri, c'est un ragoût de veau à la sauce béchamel !

- Mais non, Dédée, la blanquette, c'est...

Les choses en restèrent là et jamais les deux Américaines, ni leur ami autrichien (que cela n'intéressait guère) ne devaient savoir ce qu'est au juste la blanquette de Limoux.

Quinze kilomètres encore, et après Couiza et le pont sur la Sals, à gauche, une modeste pancarte : "Rennes-le-Château, 3,5 km." Puis une route montante, malaisée, mais dont chaque coude révélait un paysage superbe. Un tournant, deux tournants, et voici un très modeste village, avec son pauvre château, sa petite église, et un parking public où étaient garées quelques voitures.

On mit pied à terre, et soudain Paul s'approcha d'un des véhicules en stationnement.

- Tiens, je connais cette Peugeot... Où donc l'ai-je déjà vue, avec cette bosse dans le garde-boue arrière droit ?...

Il rejoignit le groupe qui essayait de s'orienter. Aussi émus l'un que l'autre,- visiblement émus ! - main dans la main, Kurt et Cindy s'avançaient très hésitants.

- C'est donc ici, chuchotèrent-ils presque en chœur. Oui, ici...

- J'ai un plan, fit soudain Kurt en fouillant dans ses poches. J'ai un plan ! Je l'ai trouvé dans le livre que je venais d'acheter...

- …et que vous avez lu cette nuit, n'est-ce pas ? glissa Dédée, mine de rien.

Elle eut l'impression que les deux jeunes gens rougissaient.

- Ce ne sera qu'une visite préalable, remarqua Paul. Nous continuerons avec Catherine. Dites-moi, Kurt, cette tour, là, qui domine le paysage, c'est quoi ?

- La Tour Magdala, consacrée à Marie-Madeleine, celle qui fut, selon certains, l'épouse de Jésus. Faussement moyenâgeuse, avec ses créneaux et sa fenêtre gothique, c'est la tour voulue et construite par le curé millionnaire.

- Mon ancêtre, compléta Cindy. Ne trouvez-vous pas que cette tour rappelle Cabrières ?

- Eh là ! Enfin, si l'on veut… Mais en petit, en tout petit…

- C'est en souvenir de ses amours avec Emma que le curé l'aura imaginée ainsi.

Dédée faillit émettre une remarque, mais elle fut interrompue par un klaxon.

- L'autocar, s'exclama-t-elle. Allons voir ! Avec Catherine, nous allons tout savoir !

La veille, les Gilson n'avaient guère eu l'occasion de faire connaissance avec le groupe qui descendait maintenant de l'autocar. Une vingtaine de personnes. Des jeunes, des moins jeunes, des vieux. Surtout des vieux.

- Le même genre de gens que l'autre jour à Saint-Sulpice, nota Paul. Notre Catherine les attire, car elle a l'art de toucher à l'ésotérisme sans avoir l'air d'y toucher.

- Par ici, mesdames et messieurs. Par ici, répétait la guide.

Elle adressa un gentil sourire aux Gilson et à leurs amis, et tout le monde se mit en marche.

- Mesdames et messieurs, nous commencerons cette visite par l'église.Vous en voyez maintenant le porche. À votre gauche, une statue de Notre-Dame de Lourdes. Observez son piédestal. C'est un authentique pilier visigoth, souvenir du temps où ce puissant peuple régnait ici. Regardez bien, le pilier est posé à l'envers. Ce sera là une des très nombreuses bizarreries voulues par le curé Saunière dont je vous ai parlé hier après le dîner.

- Ce curé ne voulait-il pas nous transmettre des messages suprasensibles ? demanda un grand vieillard abondamment chevelu.

- Possible, répondit Catherine. Il y aurait là matière à une investigation occulte. Mais entrons dans l'église, et regardez bien à votre gauche. Examinez cette effrayante statue d'un diable hideux, le démon Asmodée. Il ploie sous le poids du bénitier et des quatre anges qui le surmontent en faisant le signe de la croix.

Dès que le groupe fut entré, le grand vieillard prit à nouveau la parole :

- Je lis sur le socle : "Par ce signe tu le vaincras". Je crois que le message venu des puissances de là-haut et reçu par Constantin, était : *"In hoc signo vinces"*, c'est-à-dire : "Par ce signe tu vaincras". Et je crois que…

- Parfaitement, parfaitement, coupa Catherine. Mais l'adjonction de ce pronom "le" porte à 22 le total des lettres. Comptez bien…

- Vingt-deux, dit une vieille dame, le nombre des lettres de l'alphabet hébreu.

- Disons plutôt de l'alphabet sacré de la Kabbale, celui qui conduit à la Connaissance et à la Sagesse, coupa un autre auditeur, plus jeune.

- Et aussi le nombre des arcanes majeurs du Grand Tarot, compléta la vieille dame en jetant un noir coup d'œil au jeune homme.

- C'est également, mesdames et messieurs, le nombre des créneaux de la Tour Magdala que nous allons découvrir dans un instant. Mais avançons et regardez sur les côtés les stations du chemin de croix.

La foule obéit très sagement.

- Elles comportent toutes des anomalies grâce auxquelles chaque station décrit, pour l'initié, un lieu précis de la région.

- C'est donc un jeu de piste? demanda une jeune fille à lunettes.

Un petit bonhomme au visage chiffonné intervint presque brutalement :

- Mais non, mademoiselle, c'est de la numérologie! Regardez, la 3e station fait penser à la 14e, ce qui donne 3,14, le nombre *pi*. Le nombre du cercle magique dont parle Steiner, le cercle qui éclaire le visible par l'invisible.

- Erreur, erreur! Une de plus à charge de l'anthroposophie, grommela un quidam en béret basque.

Catherine jeta un regard navré à Paul, puis répondit au petit bonhomme :

- Regardez plutôt la 10e station. Le soldat romain a jeté deux dés : l'un affiche le "5" et l'autre montre simultanément un "3" et un "4". Un tel dé n'existe pas.

- Évidemment, fit le numérologue. 3+4 = 7, le nombre sacré; j'ajoute 5 et cela fait 12, le nombre des Apôtres. Ajoutons 10, le numéro de la station, nous retrouvons 22, le nombre-clé de Rennes-le-Château. N'est-ce pas, Madame Catherine?

Catherine répondit avec une gentillesse infinie, mais Paul n'écoutait plus, son attention ayant été brusquement attirée par un petit moustachu qui se tenait en arrière du groupe. Engoncé dans un anorak dont il tenait le col relevé, il semblait vouloir se cacher.

- Cette tête me dit quelque chose...

Et Catherine continuait :

- Avant d'examiner l'autel, jetons un regard en arrière sur le beau confessionnal au fronton duquel vous pouvez distinguer l'insigne de la Rose-Croix. Et au-dessus, admirez le grand tableau mural. Exécuté en creux, en saillies et en rondes-bosses, il figure, dit-on, le Mont des Béatitudes. Jésus, debout, étend les bras et prononce les paroles que l'artiste a reproduites au bas du tableau : "Venez à moi, etc. Et je vous soulagerai." Classique, n'est-ce pas ? Eh bien non. Il ne s'agit pas du Mont des Béatitudes, mais bien de ce Mont Bugarach dont je vous parlais également hier soir. Et le mot "soulager" n'est ici qu'une déformation de "Soulatgé", le nom d'un village qui marque la limite d'une région de sources salines et de résurgences, à l'est de Rennes-le-Château, région dominée par ce mystérieux Bugarach.

Paul Gilson ne perdait pas de vue le drôle de petit moustachu. À sa grande surprise, il vit l'homme retirer une casquette de sa poche et s'en coiffer.

- Regarde, Dédée, regarde... Cette casquette... Sherlock Holmes !

- Ludwig ??

- Non, Ludwig est mort, tu le sais.

Pour être mieux vue, Catherine était montée sur les marches du chœur.

- D'après certains chercheurs, continuait-elle, le Bugarach serait le gardien des trésors cachés dans les salines, trésors dont l'un au moins aurait enrichi le curé Saunière. J'ai beaucoup étudié la question, et je suis sûre qu'il y a encore, aujourd'hui, à deux pas d'ici, un trésor profondément enfoui, mais facile à découvrir. Ce serait le trésor des Templ...

Un coup de feu claqua et les assistants, effarés, terrifiés, virent Catherine s'écrouler lentement au pied de l'autel et y rester immobile, étendue devant un bas-relief où Sainte Marie-Madeleine méditait devant une tête de mort.

Paul, qui s'était rapproché du bizarre individu, bondit sur lui au moment où partait un second coup de feu. La balle alla frapper le petit enfant Jésus porté par Saint Antoine à droite de l'autel, tandis que l'ex-commissaire tordait le bras meurtrier. L'arme tomba sur le sol, mais l'homme réussit à s'arracher et à bondir vers la porte qu'il ouvrit... pour tomber dans les bras de deux jeunes gens. Quelques directs au menton l'étendirent sur le sol.

- C'est bien lui, fit l'un des jeunes gens.

- On l'attendait, compléta l'autre à l'intention de Gilson. Mais nous arrivons trop tard.

Paul nota que les deux compagnons portaient la kippa, le calot juif traditionnel.

Dans l'église, c'était l'affolement. On se ruait vers n'importe quelle issue : vers l'entrée, vers la sacristie, vers le clocher. Deux femmes s'étaient cependant approchées de Catherine, en criant : "Un docteur ! Un docteur !"

- Ici ! cria l'homme au béret basque. Mais écartez-vous, bon Dieu ! De l'air ! De la place !

On fit cercle autour de l'autel et après un bref examen, le docteur déclara en se redressant :

- Elle respire, elle vit. Rien de mortel, je pense. L'épaule droite a été traversée, me semble-t-il. Mais cette blessée ne doit pas rester ici. Portons-la dans la cour du presbytère. Doucement, je vous prie ! Doucement !

Kurt, Cindy et le docteur soulevèrent la blessée. En quittant l'église, ils croisèrent Gilson qui leur lança :

- Le gardien du musée et moi avons pu téléphoner. Les gendarmes et une ambulance vont rapidement arriver. Comment vous sentez-vous, Catherine ?

Celle-ci eut un pauvre sourire :

- Ça va, mes amis. Ça va...

- Bon, fit Gilson. Dédée et Cindy, vous ne la quittez pas. Moi, je m'occupe de son agresseur.

Lequel agresseur n'en menait pas large, couché aux pieds de Notre-Dame de Lourdes. Les deux jeunes Juifs l'avaient copieusement tabassé, et dans la bagarre il avait perdu sa forte moustache et sa casquette anglaise. Maintenant, il gisait sur le dos, immobile.

- Pas possible ! pensa l'ex-commissaire au comble de l'étonnement. L'inspecteur Duvart ! Pas de doute, c'est bien Duvart...

* * *

- Et maintenant, tout s'explique, disait Paul à sa femme et à leurs trois amis.

On s'apprêtait à aller dîner, et en attendant on était assis dans un café discret de Carcassonne, au pied d'une pauvre fresque prétendant représenter des chevaliers en tournoi devant les remparts.

- Et maintenant, tout s'arrange, avait remarqué Dédée en parodiant son mari. Catherine est à l'hôpital, hors de danger. Et le Duvart, lui, il médite dans la prison locale.

- Et refuse de dire quoi que ce soit, sinon : "Je ne parlerai que devant mon avocat". Eh bien, qu'il se taise. Au téléphone, j'ai contacté le commissaire Morand et aussi mon amie Colette, conseillère à l'ambassade d'Israël. Leurs dires ont confirmé ce dont je me doutais depuis longtemps, si bien que j'ai pu reconstituer toute l'affaire.

- Depuis Saint-Germain-des-Prés ? demandèrent en chœur Kurt et Cindy.

- Depuis Saint-Germain, oui... Garçon ! Renouvelez les boissons, s'il vous plaît.

Main dans la main, Kurt et Cindy écoutaient de toutes leurs oreilles, tandis que Dédée, modestement fière, semblait dire à Delphine : "Suivez bien. Il est très fort..."

- Il y a longtemps que Duvart était obsédé par les histoires de trésors cachés. À l'occasion de l'une ou l'autre de ses enquêtes, il avait pu contacter des gens au courant,- ou soi-disant tels,- et recueillir des renseignements. Ainsi avait-il appris l'existence du livre de Nicolas Flamel, transporté par ordre de Richelieu au château de Cabrières.

“Et quelle ne fut pas sa surprise en découvrant l’ouvrage,- ou plutôt un apocryphe,- à la vitrine d’un bouquiniste de la rue de Seine à Paris. Le hasard a voulu que le pauvre James, vous Kurt et moi-même soyons tous tombés sur la même piste. Et que tous les quatre, presque simultanément, nous avons voulu acquérir ce fichu bouquin.

- Mais nous, précisa Kurt, nous cherchions simplement des souvenirs de famille.

- Oui, je sais. James me vole le livre et court le porter chez vous, Kurt. Duvart, qui guettait non loin de la librairie, se met à la poursuite lui aussi. Il enfile une casquette anglaise…

- Pourquoi ?

- Parce que la meilleure manière de ne pas être reconnu n’est-elle pas de s’affubler d’un accessoire particulièrement voyant, mais accidentel ? Duvart est du métier, ne l’oublions pas. La suite, vous la connaissez : il assomme James et disparaît avec le fameux apocryphe. Et James, par malheur, fait une chute mortelle.

Paul s’arrêta une seconde, laissant Delphine et sa fille échanger des regards muets.

- Et ce n’est pas tout, continua-t-il en prenant malgré lui un air professoral, ce n’est pas tout, mes amis : un cinquième larron guettait également, celui que nous avons appelé Ludwig. En réalité un agent israélien nommé Yitzhak, dont la mission était de retrouver le trésor du Temple de Jérusalem, enfoui, disait-on, dans le Midi. À Paris, il récoltait tous les renseignements possibles. Ainsi est-il mis au courant de l’histoire du curé de Rennes-le-Château, de son supposé trésor et de sa supposée maîtresse, la grande diva du château de Cabrières. Quelle n’est donc pas sa surprise quand il voit, à une vitrine, le soi-disant *Livre d’Abraham Juif* avec sur la première page un mystérieux gribouillage…

- Une recette de cuisine wallonne, coupa Dédée en riant.

- Oui, mais ça, il ne le sait pas. Affublé d'une belle barbe, Ludwig assiste aux deux enlèvements successifs du bouquin, et se méprend sur mon rôle dans cette affaire. Il joue au médecin, s'éloigne discrètement sans se douter qu'il est filé par Duvart, un Duvart qui a eu soin de retirer la fameuse casquette.

- Et de son côté, Ludwig se coiffe d'une casquette analogue pour essayer de nous impressionner et de nous faire parler chez Flamel, n'est-ce pas, chéri ?

- Oui, Dédée. Mais Duvart est un obsédé, un inquiétant obsédé, et je suis persuadé que l'enquête montrera qu'il n'est pas tout à fait normal.

- Bizarre, pour un limier professionnel.

- Oui, peut-être. Dominé par son idée fixe de trésor, il acquiert bientôt la certitude que l'Israélien arrivera au but. Et qu'il y arrivera avant lui, bien entendu. Donc, Yitzhak doit disparaître. Au cours d'enquêtes précédentes, Duvart avait eu des contacts avec des milieux terroristes arabes. Vous devinez la suite : il dénonce Yitzhak comme un dangereux sioniste, on lui trouve un engin explosif, et la voiture sautera devant la péniche.

- Qu'est-ce qu'il faisait là, l'Israélien ?

- Il poursuivait ses recherches. La chorégraphe de la péniche-théâtre devait lui donner le nom d'une personne résidant en Belgique et parfaitement au courant, disait-on, de tous les dessous de l'affaire de Rennes-le-Château.

- Et le Palestinien suspect ? Celui qu'on avait arrêté ?

- Ce n'était qu'un leurre, arrangé par les terroristes.

"Duvart décide alors d'aller à Cabrières, puis à Rennes. Il est reçu au château, comme nous-mêmes l'avons été, et c'est l'accident, ou plus probablement le meurtre, l'enquête nous le dira. Il fouille la bibliothèque... Je ne crois pas qu'il y ait trouvé grand-chose d'intéressant.

“Ce dont il ne se doute pas, c’est qu’à Paris des agents du Mossad l’ont repéré, si bien qu’à Rennes on lui prépare un comité d’accueil. Dommage que ledit comité n’ait pas agi plus rapidement, cela aurait épargné à notre amie Catherine le choc qu’elle a reçu. Mais ce dernier attentat nous aura permis de remettre Duvart entre les mains de la justice.

- À quelque chose malheur est bon, conclut le jeune Autrichien.

- Mais permettez-moi une question, fit Cindy. Comment êtes-vous certain que Duvart soit passé par Millau ?

- Parce que, pendant que vous retourniez en tous sens un magasin de gants, moi, resté sur le trottoir, j’ai cru reconnaître sa voiture. Mais n’étant pas très sûr, j’ai préféré me taire.

- Ah oui, fit Dédée, cette voiture avec gyrophare, arrivée devant l’ambassade d’Israël, après mon appel téléphonique.

- Parfaitement.

- Mais, Paul, tu m’avais dit que mon appel était resté sans suite !

- Exact. Un cafouillage au Quai des Orfèvres... Cela arrive dans les meilleures polices du monde. Mais fâcheuse coïncidence, voilà que l’auteur des meurtres et sa voiture débouchent rue Rabelais, devant nous. Raison : Duvart pistait son Israélien, n’oublions pas.

- Avec un gyrophare ?

- Je viens de dire que la meilleure manière de ne pas être identifié, c’est...

- Compris, compris ! J’avais trouvé curieux, continuait Dédée, qu’il ne t’ait pas reconnu. Vous aviez cependant bavardé devant le Procope, alors qu’il était censé protéger Cindy.

- Oui, mais rue Rabelais, devant l’ambassade, ce n’était pas lui.

Tout le monde se regarda un peu surpris.

- Je ne comprends pas, fit Delphine qui suivait difficilement. Qui est ce monsieur ‘lui’ ?

- Mais l’inspecteur Laurent Duvart !

- Alors, qui avez-vous vu devant l’ambassade ?

- Martin, son frère jumeau, détective privé. Un demi-cinglé sans aucun doute.

Et comme tout le monde se regardait avec stupéfaction, c’est avec un brin d’énervement que Paul s’écria :

- Voilà une demi-heure que je vous explique que le meurtrier c’est le détective privé Martin Duvart. Je n’ai jamais parlé de l’honorable policier Laurent Duvart. Me suis-je donc si mal exprimé ?

* * * * *

CHAPITRE VII

Où, dans un théâtre de ville d'eau, se jouera le dernier acte d'une comédie montée autour d'une seconde énigme.

Paul et Dédée avaient reconduit leurs amis à Paris, puis à Orly, l'un devant s'embarquer pour Vienne et les deux autres pour New York.

- Kurt viendra nous retrouver à Newport et s'installera aux USA.

- Et nous nous marierons, avait affirmé Kurt.

- Oh oui, et la cérémonie aura lieu à Rennes-le-Château. Nous devons bien ça à nos ancêtres respectifs...

Là-dessus, tout le monde s'étant embrassé, l'ex-commissaire et sa femme avaient repris la route de Bruxelles.

Et six jours s'étaient écoulés...

Maintenant assis dans leur living, ils regardaient, sans les voir, les rayons du chaud soleil d'août qui zébraient le tapis du plancher.

- Tu t'ennuies, n'est-ce pas, chéri ? Si nous reparlions de l'agence Matari ?

- Tu crois ?

Long silence.

- Mais notre enquête sur les trésors n'est pas tout à fait terminée ! Il faudrait aller à Liège, rencontrer ce petit marquis dont la Libanaise nous avait parlé dans sa péniche.

- Tu y tiens ?

- Pourquoi pas ? Nous n'avons rien d'autre à faire.
Long silence.
- Bon. Je vais téléphoner à mon ex-adjoint Longueville.
Long silence.

* * *

Longueville avait rappelé. Effectivement un certain Philippe de Cherisey, comédien de profession, résidait à Liège. Mais actuellement il logeait à Spa, où sa troupe préparait un spectacle. Du Racine, croyait savoir Longueville.

- Quand donc aurons-nous ici une autoroute ? grommelait Paul Gilson en conduisant.

Enfin, ils atteignirent Spa, ville qu'ils connaissaient très bien mais admiraient une fois de plus : l'impressionnant Casino, l'Hôtel des Bains, le Pouhon Pierre-le-Grand, qui abritait une des nombreuses sources ferrugineuses de la région (appelées toutes des 'pouhons'). Et plus encore, la colline richement boisée qui tombait presque à pic dans la ville. En ce moment, un orchestre symphonique jouait sur l'esplanade du Casino.

- Tiens, c'est *Sur un marché persan* de Ketèlbey, nota Dédée. C'est en face qu'on s'arrête, à l'hôtel Cardinal ?

- Comme d'habitude…

Ayant déposé leurs bagages, ils traversèrent la petite place et s'aventurèrent dans les dédales du Casino. "Non, monsieur, ici, ce sont les jeux" …"Le marquis de Cherisey ? Un comédien ?… Connais pas." …"Voyez au premier étage" …"Non, monsieur, ici, c'est la grande salle circulaire, salle de bal et d'orchestre. N'entrez pas, Francis Blanche répète son numéro… Vous n'entendez donc pas la musique ?… La semaine prochaine, nous aurons Raymond Devos… Mais redescendez au rez-de-chaussée, là sont les bureaux…"

Finalement, Paul ayant exhibé sa vieille carte de police, sa femme et lui purent entrer dans un mignon petit théâtre de style italien et s'asseoir discrètement dans une loge de côté.

- Silence, on répète, avait dit une jeune employée en les introduisant.

- Quoi ?

- *Les Plaideurs,* de Racine. Voici le programme. Ils en sont au dernier acte. Chut !...

En ce moment, le juge Dandin répliquait à l'intimé :

Il aurait plus tôt fait de dire tout vingt fois,
Que de l'abréger une. Homme, ou qui que tu sois,
Diable, conclus ; ou bien que le Ciel te confonde !

- C'est vrai pour nous, chuchota Paul. Il est temps de conclure notre histoire de trésors !

- Mais où est le marquis comédien ?

- D'après le programme, c'est Chicaneau, le bourgeois.

- Un rôle de composition. Il s'en tire bien, ce marquis !

- C'est une pièce comique ?

- Oui. Mais silence, chérie. Écoute notre Chicaneau :

De plus de vingt procès ceci sera la source,
On a la fille, soit ; on n'aura pas la bourse.

Quelques répliques encore, et le juge Dandin concluait, visiblement réjoui :

Allons nous délasser à voir d'autres procès.

Et le rideau tomba. Ce n'était qu'une répétition et il n'y eut donc pas d'applaudissements.

D'ailleurs, les comédiens avaient joué en costume de ville.

- Maintenant, nous devons accrocher notre homme. En vitesse vers les coulisses.

Cherisey-Chicaneau était toujours sur la scène, discutant avec Dandin.

- Permettez, monsieur le marquis, mon nom est Gilson. Ma femme et moi sommes les amis d'une chorégraphe libano-liégeoise vivant à Paris. Leïla, vous voyez ?

- Mais oui, mais oui, fit Cherisey avec un large sourire. Cette bonne vieille Leïla !... Suivez-moi, nous irons dans le petit bureau, là, à côté des coulisses.

L'air tantôt rêveur tantôt farceur, le "petit" marquis semblait culminer du haut de son mètre quatre-vingt-dix (au moins !).

- Sympathique en diable, songeait Dédée.

Pendant cinq minutes, on bavarda de tout et de rien, puis Paul en arriva au sujet :

- Le hasard m'a mis sur une affaire de trésor commencée à Saint-Germain-des-Prés et terminée près de Carcassonne. Une vilaine affaire, croyez-moi. Trois personnes y ont laissé la vie, un Américain, un Israélien et une Belge. Moi-même, ancien policier, j'ai bien failli y passer, ainsi qu'une amie française, une jeune femme assez érudite en matière de trésors, précisément.

Le marquis semblait suivre sans comprendre.

- Et en quoi puis-je vous être utile ?

Gilson joua le tout pour le tout :

- Sachez, cher monsieur, que Leïla m'a déclaré : "Le marquis m'a dit qu'il détient le secret de toute l'affaire."

Cherisey partit d'un énorme éclat de rire.

- Elle a dit ça ? En ce cas, votre histoire ne peut être que l'affaire de Rennes-le-Château. Une affaire bidon ! Croyez-moi, je déplore que cette farce ait engendré ces drames dont vous parliez. Car il s'agit surtout d'une farce !

- Vous en êtes sûr ?

- Mais oui, et là est le secret de l'affaire ! Et si je détiens le secret, c'est parce que l'auteur de la farce, c'est moi. Oui, moi ! Asseyons-nous...

Et de ses yeux plus rieurs que jamais, le marquis regardait alternativement ses deux auditeurs, Dédée, abasourdie, et Paul, méfiant.

- L'affaire de Rennes-le-Château a démarré il y a quelque quinze ans, quand les héritiers de la servante du curé Saunière commencèrent à bavarder devant des journalistes. "Elle est morte, a-t-on écrit, sans pouvoir révéler ses secrets, contrairement à ce qu'elle avait promis."

"De mon côté, je ne m'occupais guère de ces choses, mais j'avais un ami, Pierre Plantard, un grand hermétiste qui avait aidé un très bon journaliste, Gérard de Sède, dans l'affaire du mystère de Gisors.

- Gisors ?

- Oui, le secret du trésor des Templiers, lequel serait caché sous la butte du château de Gisors... Des Templiers aux Mérovingiens, et de là aux Visigoths et autres petits cachottiers, il n'y avait qu'un pas. Plantard l'a franchi en s'emparant de l'histoire du curé aux millions. Il a fait un bon travail d'historien enquêteur, ce qui a fourni à de Sède le plan et les grandes lignes de son livre *L'Or de Rennes.*

- Bon, et alors ?

- Alors, moi, j'y ai mis mon petit grain de sel. Chez ceux qui savaient,- ou croyaient savoir,- il était question de documents importants découverts par le curé lors de la restauration de son église. Le curé en avait pris des calques, disait-on, mais, malheureusement, originaux et calques avaient disparu.

"Au cours d'une soirée... euh, plutôt gaie... je parlais de tout cela avec un ami, Francis Blanche, grand fantaisiste devant l'Éternel, comme vous le savez. Voyant là l'occasion d'une joyeuse plaisanterie, Francis me suggère de fabriquer de toutes pièces les calques manquants.

- Et vous vous êtes exécuté ?

- Mais oui. J'ai copié,- en calque,- un texte piqué dans un ouvrage de la Bibliothèque Nationale à Paris, l'*Archéologie Chrétienne* de Dom Cabrol. Un texte magnifique, en onciale, antique à souhait.

- Et ça a marché ?

- Mais oui. L'anecdote des calques, reprise par de Sède, a impressionné beaucoup d'esprits. Selon la thèse la plus répandue, ces mystérieux documents,- cryptés, a-t-on ajouté,- ont été le point de départ des découvertes de Saunière et de son immense fortune.

Paul et sa femme se regardèrent un long moment, ne sachant que croire ni que dire.

- Une remarque, marquis. D'après le peu que je sais, ce fameux curé a réellement été millionnaire en francs français d'aujourd'hui. Comment est-ce arrivé, d'après vous ?

Cherisey partit d'un grand éclat de rire :

- Saunière fut un pilleur de tombes, ni plus ni moins. Il a partagé avec son ami l'ex-archiduc, lequel a profité de ses relations pour écouler les objets précieux découverts.

- Et sa liaison avec la diva Emma Calvé ?

- Une passade, je suppose. Mais il ne lui a rien donné, c'est certain.

On se levait, l'entretien semblant clos.

- Montons à l'étage, fit Cherisey. Un heureux hasard a fait que Blanche soit en tournée ici. Je vous présenterai.

Dans l'escalier, ils croisèrent Francis Blanche, échangèrent quelques mots puis se séparèrent. Les Gilson eurent l'impression que le grand fantaisiste ne tenait guère à parler de la farce des faux documents.

- À ce soir, donc, fit Paul. Nous irons vous applaudir…

Sa femme et lui se promenèrent un moment sur l'esplanade du casino.

- Mais, fit tout à coup Dédée, tu ne lui as pas parlé du calque trouvé à Cabrières dans le livre de Jules Verne ?

- À quoi bon, répondit Paul en retirant le document de son portefeuille. Ce n'est qu'un faux de plus.

Et il jeta le papier dans la première poubelle venue.

Cependant… Cependant, si Paul avait alors réfléchi, il aurait réalisé que ledit document, déposé par Emma elle-même, au début du siècle, dans le livre *Clovis Dardentor*, ne pouvait absolument pas être un faux tout récent, attribuable au facétieux marquis.

Et jamais il ne saura que ce calque avait été donné par Bérenger Saunière à la diva :

- En souvenir de nos amours, Emma… Ce papier est la clé de mon trésor…

* * * * *

ÉPILOGUE

Où le lecteur saura tout,- enfin ! - sur le vrai trésor

Paul Gilson étouffait dans la foule compacte entassée dans la petite église de Rennes-le-Château. Il avait parfois l'impression d'être soulevé, de perdre contact avec le sol, de planer puis d'être mollement renvoyé sur terre.

- Et Dédée ? Où est Dédée ?

N'étaient-ils pas venus ici, elle et lui, pour assister au mariage de Kurt de Habsbourg et de Cindy Calvet (ou Calvé) ? Paul s'étonnait de ce que les deux tourtereaux aient revêtu des costumes d'époque : Cindy en resplendissante Carmen et Kurt en colonel d'artillerie de l'époque des Habsbourg.

- En l'honneur de leurs arrière-grands-parents... Ceux dont les destins s'étaient croisés ici même... Au temps de l'abbé Saunière, du curé aux trésors...

Kurt était visiblement enrhumé. Il éternuait sans cesse, et à chaque "atchoum !", l'officiant, un vieux curé, lointain successeur de Saunière, lui répétait : "Dieu vous bénisse". Ce à quoi Cindy-Carmen répondait en se signant et en disant "amen".

- Irréel. Mais où donc est Dédée ?

Les deux saints Antoine, l'Ermite à gauche, le Padouan à droite, fixaient Paul de leurs yeux énormes, ces yeux larges, noirs, malsains, tels que les avait expressément voulus Saunière, disait-on. Des yeux qui donnaient à toute l'église un je-ne-sais-quoi d'inquiétant, d'hypnotisant. Même regard obsédant chez saint Roch, chez Marie-Madeleine, chez tous et chez toutes.

- J'en suis malade. Malade à vomir... Et cette foule qui m'oppresse, me soulève !

Paul sentait peser derrière lui le regard de ce diable cornu dont Saunière avait fait le gardien de la porte. Il essayait de se retourner mais sa nuque raide, terriblement raide, refusait tout mouvement.

Il sursauta en entendant une très bizarre musique. On avait installé de part et d'autre de l'autel un vieux piano, à gauche, sous saint Joseph portant un enfant, et un harmonium, à droite, sous la Vierge portant elle aussi un rejeton.

- Là, je vois double : deux Jésus, deux musiciens. Mais où est donc Dédée ?

Le vieux curé avait confié les instruments à ses deux vicaires. À l'harmonium, un traditionaliste intégriste : gros souliers noirs, soutane sombre et raide, col romain strict, tonsure impeccablement circulaire. Au piano, un conciliaire moderniste : chaussures de basket, jeans délavés, vieux pull aux armes de l'Olympique de Marseille, chevelure à la Beatles.

- Eh oui, l'Église d'aujourd'hui...

Sous les regards réprobateurs des deux saints Antoine, les deux vicaires se lançaient des coups d'œil haineux, chacun jouant et chantant sans s'occuper de l'autre, ce qui donnait un résultat plutôt inattendu :

Ave Mari-ia / L'amour est enfant de Bohème /
Gratia ple-na / Qui n'a jamais jamais connu de loi. /
Dominus tecum / Si tu ne m'aimes pas je t'aime, /
Benedicta tu / Et si je t'aime prends garde à toi ! /
In mulieribus / L'amour est...

Un boucan épouvantable interrompit l'étrange duo. La porte venait de s'ouvrir brutalement, livrant passage à des énergumènes qui hurlaient :

- Le trésor !! On vient de découvrir le trésor !! Vite, tout le monde, vite !...

Ce fut une ruée folle, chacun bousculant chacun, les forts écrasant les faibles.

- Dédée ! Dédée !

Paul se sentait emporté, volant, planant, il ne savait. On sautait, on courait, on trébuchait devant la villa de l'abbé Saunière, on dépassait la mystérieuse Tour Magdala, symbole du trésor et des secrets de Rennes-le-Château.

Et dans l'église maintenant vide, le diable Asmodée, gardien de la porte, gardien des trésors, s'était écroulé dans un fracas énorme.

Paul ne vivait plus, il faisait du surf.

- Dédée, Dédée, où es-tu ?

La foule l'entraîna sur la colline pour s'arrêter pile devant l'ouverture béante d'une grotte. Ou d'une fosse, Paul ne savait.

- Le trésor !! C'est là !

Toujours poussé par la foule, Paul se sentit descendre, et encore descendre, pour enfin s'arrêter dans une vaste cave, brillamment illuminée. Là, dansaient des hassidim en tenue de Shabbat : grande lévite noire et chapeau à bord de fourrure.

- Tiens, on dirait Louis de Funès dans *Les aventures de Rabbi Jacob.*

Louis de Funès lui-même se détacha du groupe pour saluer Paul. Non, ce n'était pas le célèbre acteur, c'était Yitzhak, l'homme du Mossad.

- Vous n'êtes pas mort ?

- Ô mon ami ; comment vous dire la joie et l'émotion ? Je vois ici le Chandelier à sept branches, celui-là même qui était dans le Saint des Saints, et la Table où l'on plaçait les Douze Pains, et encore dix autres chandeliers, des vases de bronze et d'or pur, un petit autel portatif à encens. Et dans ces sacs que l'on ouvre devant vous, ce n'est que vaisselle d'or, de bronze, d'argent, barres de métal étincelant, objets sacrés sertis des plus belles pierres.

Yitzhak allait et venait, glissant comme un fantôme. Il prit deux statues d'or repoussé, les fixa aux extrémités du Propitiatoire d'or pur recouvrant l'Arche d'Alliance :

- Les Chérubins... fit-il d'un ton extatique, ajoutant : C'est ici que l'Éternel apparaîtra. LUI, ER, LUI.

Il parlait comme jadis dans la maison de Nicolas Flamel, mais il ne put en dire plus... La voûte de la cave s'écroulait dans un vacarme infernal. Paul se sentait mourir, étouffé, écrasé :

- Ah, ah, ah... Aaah !!

* * *

- Ah, ah, ah... Aaah !!

- Chéri, réveille-toi ! Allons... Tu fais un cauchemar ! Hou-ou-ou...

Paul Gilson ouvrit péniblement les yeux. Il était étendu dans le lit conjugal et Dédée le secouait vigoureusement.

- Trésor...

- Trésor ? Vous avez dit Trésor, monsieur mon mari ?

- J'ai soif...

- Je vais te chercher un verre d'eau.

Dédée se leva et se retourna vers son mari. Elle était nue, les Gilson ayant abandonné depuis belle lurette l'usage du pyjama. Elle était nue, d'une splendide nudité de femme restée jeune malgré la maturité.

Dans son demi-sommeil, Paul la regarda, murmurant :

- Trésor... Toi... Mon trésor...

Et il se rendormit.

* * *

EN GUISE DE POSTFACE

Chère lectrice, cher lecteur,

Un roman, nous le savons, n'est pas une œuvre de recherche historique, même si l'Histoire y transparaît en filigrane, comme c'est le cas du modeste polar que vous venez de lire. Dans celui-ci, et vous l'aurez noté, le filigrane semble avant tout évoquer l'affaire de Rennes-le-Château.

C'était il y quelque treize ans, dans un village suisse du Club Med, que Catherine (celle du roman, mais oui !) m'avait initié à cette étrange histoire. Depuis lors, j'aurai donné moult et moult conférences à ce propos, en France et en Belgique, et plus j'étudiais le sujet, plus je restais perplexe.

L'affaire avait été lancée dans le grand public par Gérard de Sède, excellent écrivain et grand journaliste. Depuis lors, c'est-à-dire depuis 1967, Rennes-le-Château reçoit plus de cinquante mille visiteurs par an, dont de nombreuses célébrités. Et son histoire a fait l'objet de cinq films, d'une douzaine d'émissions de télévision et de radio, de plus de cinq cents livres et articles, sans compter les sites sur Internet. Des multitudes de chercheurs de trésors ont envahi les lieux, armés de "poêles à frire" (détecteurs de métaux), de pendules, de boussoles, de baguettes de coudrier et autres bidules. Sans oublier les ésotéristes mystérieux ou pontifiants relevant d'autant de disciplines occultes qu'on en comptait au temps d'Emma Calvé !

Et comme on n'arrête pas le progrès, voilà maintenant le terrain livré à une très scientifique équipe américano-canadienne munie d'échographes permettant de sonder en évitant de creuser. (Le maire avait de longue date interdit les fouilles !)

Cinq cents livres ou articles, disais-je!... L'ennui c'est que leurs auteurs, pour beaucoup, ou bien se copient l'un l'autre, ou bien s'adressent mutuellement de féroces réfutations! Ou bien vont un peu trop loin, comme Michel Lamy par exemple[1].

Ce qui ne fait qu'obscurcir l'histoire, on s'en doute! Je terminais mes conférences en donnant une liste de quelque quarante questions restées sans réponses, dont la dernière était celle-ci :

Comment s'y retrouver dans ce fatras de contes et de légendes, de racontars et d'affabulations, de mensonges et de mystifications, de révélations médiumniques et de manuscrits apocryphes, mais aussi dans ce vaste déploiement de savantes recherches et de travaux méticuleux? Oui, comment s'y retrouver dans cet extraordinaire ensemble de données, vraies ou fausses, qui constitue la non moins extraordinaire saga du curé Saunière, de ses maîtresses et de ses amis (ou complices) huppés ou haut placés?

Par exemple : Un jour,- c'était en Terre de Feu, mais oui! - Jean Raspail, écrivain sérieux et grand spécialiste de la Patagonie, m'a juré ses grands dieux que jamais l'ex-archiduc Jean-Salvator n'avait été mêlé en quoi que ce soit aux histoires de Rennes-le-Château. Et pourtant, j'ai là, devant moi, des listes d'auteurs, non moins sérieux pour la plupart, qui prétendent mordicus le contraire.

Pierre Jarnac, maintenant. Voilà un historien de grande valeur qui a publié un livre bien documenté, mais malheureusement

---

[1] Jules Verne, initié et initiateur : Le secret du trésor royal de Rennes-le-Château. *Payot, Paris, 1984.*

très touffu[1]. Il s'en prend à la mythologie de Rennes-le-Château et l'analyse à travers une bibliographie de deux cent quarante titres, pas moins ! Page 268, il publie la photo du post-scriptum d'une lettre signée, écrite depuis "4000-Liège (Belgique)", et dans lequel le facétieux marquis de Chérisey déclare :

"Savez-vous que les fameux manuscrits prétendument découverts par l'abbé Saunière ont été copiés en 1965. Et que je pourrais bien en être l'auteur ?"

C'est clair, radical ? Non ? Attendez !

Il y a quelque dix ans, le hasard m'a fait rencontrer à Liège (mais oui !), où il résidait alors, Gérard de Sède lui-même. Pour lui, il est faux d'affirmer que les manuscrits Saunière sont des faux. Et pan sur le marquis !

En 1978 déjà, des "mystagogues",- comme l'écrit de Sède dans son dernier livre[2],- des mystagogues avaient utilisé la signature de Chérisey pour prétendre que les fameux documents avaient été fabriqués de toutes pièces suite à une suggestion de Francis Blanche, le fantaisiste bien connu. Ce que celui-ci allait ensuite nier avec la dernière des énergies.

Vérité, où te caches-tu ? Eh bien, au milieu, comme d'habitude. Il y a eu des faux ? Oui, sans doute. Tout était-il faux ? Non, probablement. Restons-en là.

Et disons-nous bien que de toutes les énigmes, ou soi-disant énigmes, qui fourmillent dans l'abondante littérature écrite à

---

[1] Histoire du Trésor de Rennes-le-Château, *460 pages, Imprimerie "Repro 2000", Nice 1985.*

[2] Rennes-le-Château, le dossier, les impostures, les phantasmes, les hypothèses. *260 pages. Robert Laffont, Paris, 1988.*

propos de Rennes-le-Château, il faut en retenir une, la principale, celle qui sous-tend la plupart des autres et n'a pas reçu, à ce jour, la moindre réponse vraiment valable :

Quelle est l'origine des quelque 660 000 francs-or (3,5 millions d'euros) que Saunière et sa servante-maîtresse ont somptueusement dépensés en 20 ans ?

Alors ? Trésor ? Vous avez dit Trésor ? Pourquoi pas ?

Sachez qu'en France, dans près de la moitié des départements, se cachent encore (ou étaient cachés) des trésors, toujours des trésors ! Et qu'on estime leur valeur totale à environ deux cent milliards d'euros !!

Alors pourquoi ce brave curé Saunière ne serait-il pas tombé sur l'un d'eux ? Celui des Mérovingiens ? Celui de Jérusalem ? Qui sait ?

Mais ici, je dois au lecteur une petite confession : j'ai copié, oui, copié comme un vrai potache. Mon texte décrivant le Trésor de Jérusalem (pages 137-138) est la copie textuelle de celui que, dans son dernier livre[1], Eliette Abécassis place dans la bouche de l'un de ses personnages, juif comme il se doit. Pourquoi ce plagiat ?

Parce que je préférais qu'un tel texte, résumant l'un des plus grands rêves du monde juif, ait été écrit par quelqu'un ayant réellement vécu ce rêve.

Car après tout, c'est Eliette, l'israélite... Pas moi...

Croyez, chère lectrice, cher lecteur...

Votre auteur

Achevé à Cannes-Marina, Alpes-Maritimes
le 1er janvier 2002,
jour de la découverte du Trésor "Euro".

---

[1] Le Trésor du Temple, *345 pages, Albin Michel, Paris, 2001.*

Sommaire